ラルーナ文庫

JN152137

黒いもふもふを拾ったら魔王だった!?

雛宮 さゆら

三交社

CONTENTS

Illustration

kivvi

黒いもふもふを拾ったら
魔王だった!?

本作品はフィクションです。
実際の人物・団体・事件などにはいっさい関係ありません。

プロローグ

池谷啓介《いけやけいすけ》は、生まれつきのお人好しだ。

まわりの者たちには、優柔不断とも断れない性格とも言われる。それらの言葉は、決して褒め言葉ではない。そのことは啓介も重々承知だけれど、だからといって二十年そこそこしか生きていないのに、生まれ持った性格を変えることなどできない。性格を変えることができるくらいなら、そもそも優柔不断などという不名誉な肩書を抱えてはいないのだ。

「ふぅ……」

啓介は大きく息をついた。腕に大きな段ボールを抱えて、研究棟の廊下をよたよたと歩いている。声をかけられて、啓介は肩越しに振り向いた。

「……勇希《ゆうき》」

「なんだよ、その大きな荷物」

ただでさえ大きな目をさらに大きく見開いているのは、友人の高崎《たかさき》勇希だ。彼の視線を受けて、啓介は肩をすくめた。

「先生に、運んでおいてって頼まれたんだよ」

「はぁ……」

勇希は呆《あき》れたように、啓介を見ている。その同情的な視線に少しむっとして、そのまま啓介はまた歩き始めた。

「そんなの、断ればいいのに。おまえだって暇じゃないんだろう？」

「それは、そうだけど」

目的の研究室にまで歩いていきながら、啓介は言った。なぜか勇希は後ろをついてくる。

「先生、大変だろうなって思って」

「あああ、いいやつだよ。本当に、おまえは」

勇希はうたうようにそう言って、そして啓介にぱたぱたと手を振った。勇希の後ろ姿はすぐに消えてしまい、啓介はため息をついた。

（そんなふうにクールでいられるおまえが、羨《うらや》ましいよ）

啓介とて、好きで荷物運びを引き受けたわけではない。バイトの時間が迫っているから、いつまでもこうやって人の手伝いをしている場合ではないのだ。しかし頼むと言われて断れる啓介ではなかった。

（あんなふうに頼まれて、どうやって断ればいいいんだよ……）

改めて自分のお人好しに呆れてしまうが、しかし引き受けてしまったものは仕方がない。

目的の研究室のドアをノックし、無人だった室内に段ボールを置く。見かけよりもかなり重かった荷物を前に、大きく息をついた。

研究棟から離れ、正門をくぐって最寄り駅に向かう。歩いていると、ポケットの中のスマホが鳴った。取り出して液晶画面を見ると、着信は姉だ。

「……はい」

『なによ、景気の悪い声』

案の定、きんきんと響く姉の声が耳に届いた。挨拶《あいさつ》もなにもなく、いきなりこのような言葉をぶつけてくるのが姉らしい。

『今度の日曜、たっちゃんが来るんだ』

「ふぅん？　たっちゃん？　今の彼氏だったっけ？」

『やだぁ、彼氏なんて！』

目の前に姉がいれば、遠慮なく背中をばしばし叩《たた》かれていただろう。姉にはいつも容赦がなくて、叩かれるのは本当に痛い。そうはならなかったことにほっとしたが、姉の一方的な話は続く。

「彼氏じゃないの？」

『彼氏よ』

姉は「なにを言ってるの？」という口調でそう言った。しかし「たっちゃん」とやらが彼氏なのか、訊《き》いたのは啓介のほうだ。

（照れてるわけ？　柄でもない）

　しかし啓介も弟として、この姉との付き合いは生まれてからずっとだ。それ以上よけいなことは口にせず、姉の言葉を待った。

『だから、部屋の片づけするの。土曜日、手伝いに来て！』

「ええええ……」

　啓介は、腹の奥から拒否の声をあげた。

「土曜は、バイトなんだけど？」

『バイトなんて、いつでもできるじゃないの。あたしの用事のほうが、大切に決まってるでしょう？』

「えええ、そんなぁ……」

　姉はあたりまえのようにそう言って、一方的に来てほしい時間を告げた。啓介の抵抗は虚《むな》しく、さっさと通話は切れてしまう。

（……姉ちゃんの横暴さは、いつものことだけどさ）

　スマホの画面を見ながら、啓介は大きくため息をついた。

（いつまでも俺って、姉ちゃんのパシリなのかなぁ？）

　また息をついて、スマホをポケットにしまった。駅までの道をとぼとぼと歩き始める。

（そりゃ、あっちから一方的に言い出したことだし？　俺は了承してないんだから、行か

なけりゃいいことなんだけど）

しかし姉の命令を無視するのは、なによりも怖い。それは理屈ではなく、啓介の魂の根本に刻まれている恐怖だ。あの姉の怒りの形相を見るくらいなら、姉にこき使われるほうがましだと啓介は大きく身震いした。

（俺の人生って……）

何度目になるだろうか、啓介は大きな息をつく。再び顔をあげて歩き出して、しかし胸に宿ったもやもやは消えない。

（俺の人生、こういうことばっかりなのかなぁ……？　雑用を押しつけられて、断れなくて……器用な人に利用されて）

胸ポケットから定期券を出して、改札を抜けようとすると大柄な男性にぶつかられた。男性は啓介を振り返ると、不愉快そうな顔をして大きく舌を鳴らす。

（なんか、こんなことばっかり）

よくあることとはいえ、舌打ちなどされて気分がいいはずがない。すっかり落ち込んでしまった啓介は、いささかよろよろとしながら帰宅のための電車に乗るべく、ホーム階段を登り始めた。

1

その日は、冷たい風の吹く日だった。

空は青く晴れているけれど、とにかく体にまとわりついてくる風が強く、体の芯《しん》までが冷え冷えとする。啓介はジャケットの前をかき合わせ、肩をすくめながら車道脇《わき》の歩道を歩いていた。

「さ、む……っ」

正面から冷たい風が吹いてきて、啓介の全身を包んだ。反射的に大きく身震いする。すれ違う人々も、同じように身を小さくしていた。いかにも寒そうな彼らの姿を見ているだけで、自分もますます寒くなるような気がする。啓介は、そちらから目を逸《そ》らした。

「……ん？」

歩道の脇には植え込みがある。常緑樹の葉は、長い間排気ガスを浴び続けて汚れていた。その根もとになにかが落ちている。

啓介は立ち止まった。じっと、その小さなものを見つめる。

（毛玉……？）

黒い毛皮のかたまりが、生垣の中にあった。艶《つや》のある黒だ。それがいったいなんなのかわからず、首を傾《かし》げながら啓介は近寄った。

(子猫、とか?)

歩み寄ってみても、それはぴくりとも動かない。子猫というのは違うかもしれない。毛皮のストールかなにかの端っこが、ちぎれて落ちているのかもしれないとも考えたが、しかしそれにしては形はきれいに丸いし、艶々した色はまるで生きているようだと感じた。

「大丈夫……?」

啓介は指先を伸ばし、そっと毛玉に触ってみた。伝わってくる感覚も心地よく、もう少し大胆に撫《な》でてみると、黒い毛玉はひくりと動いた。

「わ、っ!」

思わず声があがった。とっさに後ずさりをしてしまった啓介の目の前、毛玉がくるりとひっくり返る。すると黒以外の色彩が現れて、その毛玉が生きているのだということがわかった。

「金色……目、なのか?」

毛玉には、ふたつのきらきらと光る目があった。それはきょときょとと動いて、あたりを見まわしているかのようだ。

「生きてるんだな?」

恐る恐る啓介がそう言うと、金色の目がこちらを見たような気がした。その瞳《ひとみ》はまるで啓介の存在を意識しているかのようで、不可解な生きものと目が合うことに少し怯《おび》えながら、腰を折って視線を近づけた。

「猫、じゃないな……やっぱり」

これほど小さな生きものは、猫にしろ犬にしろ見たことがない。なによりも、啓介の手のひらに乗ってしまいそうなこの小ささは、触るだけで壊れてしまいそうで恐ろしかった。

「……ん？」

黒い毛玉が、ちょこちょこと動いた。啓介が反射的に手を差し出すと、毛玉が指先に触れてくる。黒いかたまりの端がむにゅりと動いただけだったけれど、まるでそれが手を出してきたようで、お手をしてもらったような感覚に啓介は少し笑い、触れられた指を猫の咽喉《のど》を撫でるように動かした。

「きゅっ」

毛玉が、鳴き声をあげたような気がした。小さな声だ。ますます笑いを誘われた啓介はなおも指をくすぐるようにして、すると毛玉は手に体を擦《こす》りつけてくる。

「かわいいな、おまえ」

思わずそう呟《つぶや》くと、毛玉の金色の目がくるりと動いたような気がした。ただ金色なだけではない、その中心には黒の瞳孔《どうこう》があって、それがじっと啓介を見つめている。その目からは、人間の知性に近いものが感じられた。

「おまえ……只者《ただもの》じゃないな」

こうやって埃《ほこり》っぽい道端に転がっているけれど、決して野良などではない。おそらくどこかの家で飼われていた、高級なペットだろう。啓介の知識の中、強いて言えばハムスターあたりに見えなくもない。たまにペットショップに立ち寄れば、小さなハムスターでも驚くような値段がついているものもあるのだ。艶々した毛並みや瞳の輝きからも、これは最高級のハムスターに違いない。

「ハムスターのこととか、全然知らないけどさ……」

そう呟く啓介を、毛玉がじっと見ているように感じた。

「おまえ、脱走してきたのか？」

そう声をかけると、返事のつもりなのかなんなのか、黒い毛玉は啓介の手に身を擦りつけてくる。そのまま手のひらに乗ってきた。毛並みの艶が心地いい。もうひとつの手で、啓介は毛玉をふわふわと撫でた。

「首輪とか、ないしなぁ……」

そもそもハムスターに首輪をつけることがあるのかどうかは知らないが。毛玉を手の上に乗せたまま、啓介はまわりをきょろきょろと見まわした。

目に入る人々はたくさんいても、啓介たちのほうを見てはいない。誰《だれ》もが忙しそうに早足で、なにかを探しているようなそぶりの者は見当たらなかった。

通行人をしばらく見やり、また啓介は自分の手の上に目をやる。毛玉は小刻みに身を震って、その金色の瞳でじっと啓介を見つめてくる——ような気がする。

「とりあえず、うちんち来るか？」

毛玉が頷《うなず》いたように感じられた。

「おまえみたいな高級そうなのに満足してもらえるかはわからないけど……おまえ、なに食べるんだ？」

「きゅきゅっ」

毛玉はまた鳴き声をあげた。それが返事のように聞こえて、啓介は微笑《ほほえ》んだ。

「キャットフード、とかではなさそうだし。とりあえず、ミルクかな？」

独り言とも、毛玉に話しかけるともなく呟きながら、啓介は歩き始めた。毛玉は手の上でそわそわとうごめきながら、何度も啓介のほうを見ていたような気がする。


ポケットから鍵《かぎ》を出して、がちゃがちゃいわせながら啓介は自宅のドアを開けた。

「ただいま」

ひとり暮らしの家の中から、返ってくる声はない。習慣で声をあげただけで、啓介も応《こた》えを期待しているわけではなかった。手の上の黒い毛玉を落とさないようにしながら靴を脱ぎ、廊下の明かりをつけて奥へと歩く。

「ここらへんで、待っててな」

そう声をかけながら、毛玉をベッドの上にそっと置いた。毛玉は驚いたように少しだけ体を跳ねさせたが、すぐに身を落ち着かせた。高級ペットにはとうてい似つかわしくないけれど、居心地はよかったのかもしれない。

それを見届けて、啓介はキッチンに入る。浅い皿にミルクを半分ほど注ぎ、電子レンジにかけた。温めすぎてもいけないだろうと、すぐに取り出す。こぼさないように皿を持って、ゆっくりとベッドのある部屋に持って入ると、毛玉はその金色の目をくるくるさせながら、まわりを見ているようだ。

「おまえんちほど立派な家じゃないけど、ごめんな」

もちろん、毛玉が住んでいたのであろう家を知っているわけではないけれど。それでも啓介の想像の及ぶ限り、たった1Kのこの家よりは豪華なところだろう。啓介はテーブルの上に温めたミルクの入った皿を置いて、再び毛玉を手に乗せると皿の前に座らせた。

「これも、おまえの口に合うかどうかわからないけど……」

そう言いながら、ミルクの皿を少し動かしてみる。毛玉が金色の瞳を輝かせたように見えた。それはもそもそと体を動かして、皿に近づくとぺろりと赤い舌を出す。

「うわっ」

啓介は思わず声をあげた。毛玉は「なに？」とでも言いたげに目を動かして、啓介のほうを見た。

「そこが口なのか……」

今まで黒い毛に埋れている目しか意識していなかったので、驚いた。そんな啓介には構わず、毛玉は赤い舌を出してミルクを舐《な》め始める。

実家でも今の家でも、ペットには縁がなかった。だから目の前の光景は珍しい。思わず啓介はしゃがんで、毛玉がミルクを舐めている姿をじっと見つめてしまった。

「きゅきゅ……」

見られているのが嫌なのか、毛玉は舌を引っ込めて目を動かす。その鳴き声が不満を訴えているように聞こえて、啓介は笑った。

「あはは、ごめん。なんだかかわいくてさ」

啓介は指を伸ばして、毛玉の背中に当たるであろう場所を撫でる。

「お？　嫌だった？」

毛玉がぶるりと身震いをしたので、啓介は指を引っ込めた。すると毛玉はねだるような、それでいて落ち着いたような目つきをする。また皿に向かって舌を出して、皿のミルクを全部舐めてしまった。

「早食いだな……こんな、小さいのに」

毛玉は何度か目をしばたたいて、そしてぴょんとテーブルを蹴《け》った。

「うわっ⁉」

啓介は驚いて、その場に尻餅《しりもち》をつく。驚くべき反射を見せた毛玉は、そんな啓介の足にじゃれついた。

「わわっ！」

一見すると、啓介の足にもこもこと黒い毛玉が擦り寄っているだけだ。しかし毛並みの奥に隠れて見えないだけらしく、小さいながらも手足の感覚がある。それが靴下越しの足をくすぐってきて、啓介は笑った。

「やめろよ、くすぐったい！」

そうは言ったものの、小さい生きものにじゃれつかれるのは悪い気分ではない。啓介は笑いながら、また手を伸ばして毛玉を撫でた。毛玉は先ほどのように嫌がる素振りを見せなかった。それどころかもっと撫でてくれとでも言わんばかりに指に体を押しつけてきて、それをたまらなくかわいいと思った。

「おまえは、どこの子なんだろうなぁ？」

啓介は両手を伸ばして、毛玉を持ちあげた。水をすくうようにした両手の中に、毛玉はすっぽりと収まってしまう。そこで毛玉は、じたばたとうごめいた。

「おまえの家を探す前に、病院に連れていったほうがいいかな？　食いものも、ミルクだけじゃだめだろうし……」

そもそも啓介は、この毛玉を見たことのない種類のハムスターだと思っているが、その確信はない。ミルクどころかとても高級な餌《えさ》を与えなければならないかもしれないけれど、拾った以上それは啓介の負担するべき義務だろう。そのようなことを言うとお人好しだと、勇希あたりにはまた笑われるかもしれないけれど。

「ん？」

手の中の毛玉がぶるりと震えた。それがやけに大きな震えかたで、啓介はぎょっとする。

「おまえ、どうした……」

啓介は驚いて目を見開いた。

「……あ、ああ……っ？」

目の前が、まるで煙が立ち込めたかのように白くなる。それに包まれて、自分の手も毛玉もなにもかもが見えなくなった。それでも感覚は伝わってくる。啓介は思わず手を床についてしまい、毛玉を落としてしまったかと慌てた。

「え、ええっ!?」

立ち込めた煙らしきものは、驚く啓介を取り残して徐々に消えていく。啓介の手から毛玉の感触はなくなっていて、煙が晴れた視界には、もっと驚くものがあった。

「……あ、あ？」

思わず間抜けな声をあげてしまう。啓介は何度もまばたきをした。目の前に、今まではなかった壁がある。最初、啓介を襲ったのはそんな感覚だった。

「な、に……？」

繰り返しまばたきをして、しかし目前の光景に変わりはなかった。それでもそこにあるのが壁ではなく、人の形をしたなにかであることは感じ取れる。

思わずのけぞって後ろに手をついたまま、啓介は言葉を失っていた。目の前にいるのは、啓介よりもかなり背の高い人物だった——床に膝《ひざ》をついているけれど、見あげる位置に顔があることからそう推測できる。

（……顔？）

さっきまで啓介が見ていたのは、黒い毛玉ではなかったか。手のひらで包めてしまうくらい、小さい毛玉——それが視界を阻むほどに大きな人影になっているとは、どういうことか。

目の前の人物は、やたらに整った顔を歪《ゆが》める。彫りの深い目もと、形のいい鼻筋に口——薄く血色の悪い唇は酷薄な印象を与えるけれど、同時に奇妙なほどに視線を奪われた。

「なに……ごと？」

掠《かす》れた声でそう言って、繰り返しまばたきをする。そこにある姿が啓介の目にはっきりと映り、大柄な男性だ、と認識できたときに彼は少し、啓介の目の前から遠のいた。

「誰……？」

「ここは、どこだ」

男性はそう言った。低く響く、耳に心地いい声だと思った。思わずその声に聞き入った啓介は、はっとする。

「あ……え、と……俺んち、です」

うわずった声でそう言った啓介を、訝《いぶか》しむように彼は見た。金色に輝く瞳だった。どこの国の血を引けば、このような目の色になるのだろうか。啓介は、同時に彼が長く艶々とした黒髪であることに気がついた。

（あの、毛玉みたいな……？）

頭の中に、そんな連想が浮かんだ。しかしいくら同じ色であろうと、毛玉とこの男性に関連性があるなどとばかなことはあるまい。またまばたきをして、混乱する思考を整理しようとした。

「おまえの……？」

目の前の彼は、信じられないことを聞いたというような声をあげる。歪めた顔つきに目を奪われながら、啓介は必死にこくこくと頷いた。

「おまえの、家だと……？」

「は、い」

男は腑《ふ》に落ちないというような憎々しげな声をあげる。しかしそれは啓介も同じだ。長髪の男だというだけで、啓介の日常においては異端であるはずなのに、妙にしっくりと目に馴染《なじ》むのはその身につけている衣服がまるで昔の西洋の、騎士かなにかがまとっているもののようだったからだ。

（コスプレ？　とかじゃないよな……？）

啓介は懸命にそう考えた。目の前に、日常ではあり得ない存在があることを自分に納得させようとする。しかしその姿には違和感がなさすぎた。彼が見慣れた自分の部屋にいることは理解できないけれど、その姿だけを見ると全体的にあまりにも嵌《は》まっていて、むしろ背景になっている自室がおかしいのではないかと思ってしまうのだ。

必死に頭を巡らせている啓介はどのような表情をしていたのか、男が近づいて顔を覗《のぞ》き込んでくる。

「うわぁ！」

思わず妙な声をあげてしまった。日常に馴染みのないものが近づいてくる感覚は、美しいものであろうと醜いものであろうと、身動きを忘れるくらいに驚愕《きょうがく》してしまうという点は同じじらしい。

「なんだ、その声は」

男は不機嫌そうに言った。自分がその原因であるとは、思い及んでもいないようだ。

「おまえは……誰だ」

「え、と」

啓介は声を淀《よど》ませた。ここは普通に自己紹介をするべきシチュエーションだろうか。

「池谷啓介です……」

名乗る以外に言うべきことが見つからないので少し震える声でそう言うと、男はきらめく金色の目でじっと啓介を見つめてきた。

「あ、なたは……誰ですか……？」

男は少し苛立《いらだ》ったような顔をした。怒らせたのかと思ったが、しかしとりあえず名前くらい訊いておかなければ、話をすることもできない。

「グエンダルだ」

「……え？」

いきなり耳に入ってきた不可解な言葉を、思わず聞き返す。目の前の彼は、ますます煩わしそうに目をすがめた。

「知らぬのか？　我が名を」

「あの……すみません」

反射的に謝ってしまった。男は歪めた表情を緩めない。そのような顔をしても欠点が見つからないというのは、それ相応の美貌《びぼう》なのだろう、と頭の遠いところで思ったけれど、今の啓介にはそれを実感できるだけの余裕がない。

「グエンダルだ。ルシファーさまの配下で、魔王……」

「はっ」

その男があたりまえのように言った言葉に、思わずおかしな声をあげてしまった。彼の言ったことを遮ってしまったことに気づいて、慌てて口を噤《つぐ》む。

「えと、すみません……」

そしてまた謝ってしまった自分に、情けない思いをした。すぐ謝るのは日本人の悪い癖だなどと思いつつ、しかし目の前の彼はどう見ても日本人ではないのだから、そのようなことを気にする必要はないとも考えた。

（そんなこと、考えてる場合でもないと思うし……）

とにかく突然目の前で起こった異変に、啓介はついていけないでいる。それでも懸命に理解しようとして、聞いた言葉をもう一度繰り返した。

「ま、おう……？」

「ああ」

グエンダルと名乗る男は、煩わしそうにそう答える。目の前に現れたときから彼は怯《ひる》むくらいに不機嫌そうな顔をしていたけれど、それが一段と極まったように感じて恐怖を覚える。啓介は腰を引いて、彼から離れようとした。

「私は魔王、グエンダルだ」

「は、あ……」

勝ち誇るようにそう言ったグエンダルを、啓介はじっと見た。いい大人がコスプレなどして、おまけに真面目《まじめ》な顔をして子供騙《だま》しを口走っている。目の前の光景を、そういうふうに理解することもできた。事実啓介にも最初は、そのような印象しかなかったのだ。

(で、も……この人、嘘《うそ》ついてない)

なぜかそれだけは信じられた。なんの根拠もなく、ただ啓介の第六感とでもいうべきか。目の前の男は、嘘だけはついていない。

(この人がなにを言っても、どんなおかしいことでも……少なくとも、嘘じゃないんだ)

啓介は、ひとつ大きくまばたきをした。訝しそうな顔をしているグエンダルを、じっと見る。

(魔王、って……頭に山羊みたいな角が生えてたり、しないんだな)

今まで啓介が知っていた魔王の姿とは、まったく違う。もっとも啓介の知識は子供のころ読んだ絵本などからであって、作者の想像力で描かれたそれが『本物の魔王』を描写しているとは限らない。

(すっごく、きれいだし。イケメン……ってか、ものすごい、美形……)

　戸惑いながら思考をあさっての方向にまわしている啓介をしばらく見つめていたグエンダルは、顔をあげた。金色の双眸《そうぼう》で、あたりをきょろきょろと見やっている。その仕草は、なんだかかわいらしい。

「人間の……棲家《すみか》か」

　グエンダルはため息をついた。

「このようなところ……私が足をつけるようなところではない」

　吐き捨てるようにそう言うグエンダルは、体を起こした。床に立って、ベランダに出るガラス戸にまで歩いていく。

「ここは……」

　啓介に問うとも、独り言ともつかない口調でグエンダルは言った。外の景色に、何度目かになるため息をついた。

「ギュスターヴのやつ……私をこのようなところに飛ばしおって」

「……ギュスターヴ？」

　思わず訊き返した啓介を、グエンダルは鬱陶《うっとう》しそうに見やる。金色の目が、きらりと光った。それを「美しい」と思う余裕が、啓介には生まれていた。

「それは……どなたですか？　やっぱり、魔王？」

　グエンダルは啓介を睨《にら》む。そのまなざしは確かに恐ろしいけれど、この短時間で何度も同じような視線を投げかけられて、もう慣れてしまった。

「そうだな。私の……縁ある者だ」

「友達とか？」

啓介がそう言うと、グエンダルの視線はますます厳しくなった。

「いたずらで私に術をかけ、このような場所に飛ばすような者が友人なのならばな」

「いたずら？」

魔王、という不可思議な存在に、友達がいるとは。それにいたずらされるとは。理解できない話とよくわかる話が混在して、啓介はますます混乱した。

（いたずらで、異世界？　に飛ばされるとか。ギュスターヴさんと、いったいどういう関係なんだ？）

しばらく外を見やっていたグエンダルは、啓介のほうを見てこちらに戻ってきた。顔をじっと見つめられて、思わず全身で緊張してしまう。

「あ……なに？」

「顔は、悪くないな」

そう言ってグエンダルは、啓介の顎《あご》に指をかけた。ぐいと上を向かされて、どきりと大きく胸が鳴る。

「啓介とやら、気に入った。私の餌になる許可を与えよう」

「は、あ……？」

少しは彼の言うことがわかるような気がしていたのだけれど、やはりグエンダルと意思疎通を図ることは難しいらしい。彼の言ったことは理解不能で、啓介は大きくまばたきをした。

「わ、っ！」

グエンダルは大きな手で啓介の胸を押し、その場に押し倒した。敷物の上だったとはいえ、いきなりのことに床に後頭部を打ちつけてしまって痛みが走る。

「い、たた……」

啓介が自分の頭に手をやろうとすると、その手を摑《つか》まれた。ぎゅっと握りしめられて、痛みとともに戸惑いが走る。グエンダルが、そんな啓介の顔を覗き込んできた。

「美味《うま》そうな餌だな……なかなかどうして、悪くない」

「な、に……？」

啓介は、驚きのままグエンダルに問う。

「え、さ……？　って、なんですか……？」

グエンダルは、にやりと笑った。あまりにも美麗なその笑みに視線を吸い込まれそうになったが、続けて聞かされたグエンダルの言葉に、思わず大きく目を見開いてしまう。

「私が魔界に帰るための、力になってもらうのだ」

「魔界……？」

また新たに、非現実的な言葉を聞いた。頭の上に「？」を乗せたままの啓介を、グエンダルが明らかに面倒そうに見やっている。

「そうだ。私の世界……私が住んでいた世界。私が本来、生きる場所だ」

「魔界、ですか」

目の前のグエンダルが幻ではなく、実在しているということはようやっと理解できたけれど、そんな彼は魔界からやってきたという。新たに非現実的な言葉を出されて、啓介はもう、どこからが信じるべきことでどこからが疑うべきことか、わからなくなってしまう。

「そうだ。このように空気の汚れた地には、いたくはないのだが……帰るための力が、不足している」

忌々しそうにそう言って、そしてグエンダルはじっと啓介を見た。彼のきらめく金色の目がすがめられる。赤い舌が、酷薄に薄い唇を舐めた。

（う、っ……）

背中にぞっと、嫌な予感が走った。それがなんなのかわからないまま、啓介は何度も身震いをする。

（な、んか……嫌なことが、起こりそう）

理解できないながらに、それだけは確かなことだと感じた。

（俺が、望んでないこと……絶対に拒否したいのに、拒否できないことが起こる）

そのような予感は、間違っていると笑い飛ばしたいのに。

「あ、あ……っ！」

反射的に啓介は声をあげた。グエンダルが顔を近づけてきたのだ。彼の薄い唇が、啓介に触れる。正確には啓介の唇に、だ。

「うあ、ああっ⁉」

「ふん……それなり、だな」

グエンダルはそう呻《うめ》くと、にやりと笑う。そのまま唇を深く押しつけてきた。

「ん、んっ！」

奇妙なほどに赤い舌が啓介の唇の上を這《は》う。ぺちゃぺちゃと舐められて、たまらなくぞくぞくするものが背筋を走った。

「この程度で……反応しているのか？」

嘲笑《あざわら》うようにグエンダルが言った。そんな彼を睨みつけたいのに、しかしふたりの顔は焦点が結べないほどに近くにある。グエンダルの金色の瞳が、ぼんやりと見えた。

「こらえ性がないな……これくらいで反応するとは、この先が思いやられる」

「ん、な……っ……」

グエンダルから逃げたくて、啓介は精いっぱい体を動かした。しかし彼の体は少しも動かない。それどころかますます接触されて、啓介はまともに呼吸することもできなかった。

「あ、あ……あ、あっ……」

繰り返し唇を舐められる。するとそこは、まるで溶けたかのようにゆるりと開いた。

「いい子だ」

笑いながら、グエンダルが呟く。子供扱いされていることを怒ればいいのか、それとものしかかってくる彼を押し返すこともできない自分が悪いのか――啓介が身悶《みもだ》えすると、押しつけられるキスがますます深くなった。

「い、や……あ、ああっ……」

グエンダルの舌が、啓介の口腔《こうこう》をぐるりと舐める。彼の舌は熱く、触れたところが火傷《やけど》しそうだと思った。今まで知らなかった衝撃が与えられるたびに、啓介の体はひくひくと動く。グエンダルはそんな啓介の肩を、腕を、そして手のひらを宥《なだ》めるように撫でた。

「ん、あ……あ、ああっ……！」

「なかなか、いい味をしている」

感心するようにグエンダルが言った。啓介は、いつの間にかつぶっていた目を開ける。ぼやけた金色が見えて、思わず大きく息をついた。

「ふん……どうした」

「あ、あ……っ……」

吐息でさえ、グエンダルに舐め取られてしまう。歯列を、上顎を、そして頬《ほお》の裏をくすぐられて、しかし伝わってくるのはくすぐったさではない。先ほど背筋を走った悪寒、それ以上に感じさせられて思わぬ声が洩《も》れてしまう。

「ふあ……っ……あ、ああっ……」

なおもグエンダルは啓介の口の粘膜を攻め立てた。彼の舌は、まるでそれ単独で生きているものであるかのように小刻みにうごめく。それを深くまで突き込まれ、咽喉に続く部分をも舐められて軽く嘔吐《えず》いたけれど、なぜかそれさえも快感になってしまう。

「や、あ……だ……、こ、んな……の……」

啓介は精いっぱい抵抗したが、グエンダルはなおも笑うばかりだ。口の端から、生温《なまぬる》いしたたりが溢《あふ》れる。啓介は何度もおぼつかない呼吸をして、そうしなければ息を止められていたかもしれない。グエンダルは、そういった人間の常識には少々疎いと見える。

「は、あ……あ……っ、ああっ！」

グエンダルに舌の表面を舐められると、つま先にまでに大きな痺《しび》れが走った。先ほどまでのような感覚ではない、あまりにも大きな衝動に啓介は瞠目《どうもく》し、同時に下半身がひくひくと震えた。

「……あ、あ……っ……」

「ふふ……」

熱い呼気が啓介の唇を濡《ぬ》らす。グエンダルが体を起こすと彼の体温が遠のいて、それを無性にさみしく思った。

「達《い》ったか？」

「は、あ……？」

思わず頓狂《とんきょう》な声をあげてしまった。グエンダルが眉根《まゆね》を寄せる。

「ここ……反応しただろう。ほら」

「あ、ああっ！」

グエンダルの大きな手が啓介の下肢にすべった。ジーンズ越しの欲望に触れられて、どきりと大きく胸が鳴る。今までグエンダルに執拗《しつよう》に触れられて、体を走る感覚に翻弄《ほんろう》されるがままだった。それが性感であったこと、いつの間にか自身が反応していて、自らの体もコントロールできない子供のように射精していたなんて。

「っ……あ、や……だ……」

「なんだ？」

啓介は唇を震わせた。グエンダルを睨もうとして、しかし視界が濁っていることに気がつく。

「う、う……っ……」

「どうした。ものが言えなくなったのか」

グエンダルは、啓介の反応の意味がわからないようだ。それに改めて、彼が人間ではないことを理解した。

「まぁ……おまえを許しがたいのは、勘弁してやろう」

「は、あっ？」

見知らぬ男、しかも人外の彼に追いあげられて射精してしまった。性に初心《うぶ》な子供でもあるまいに、ジーンズを汚してしまった。せりあがる自己嫌悪に苛《さいな》まれる啓介に、グエンダルは目を細めてみせた。

「このように、餌を無駄にするとは……」

「え、さ……？」

その言葉は先ほども聞いた。それでいてグエンダルがなにを言っているのかわからない啓介は、何度もまばたきをするくらいしかできない。

「そうだ、ほら……ここ」

「ん、んっ！」

グエンダルは遠慮なく啓介の股間《こかん》に触れた。放ったばかりの自身がひくりと反応する。

「しかし……まだ、出せるだろう？」

「な……に、を……？」

彼の言うことはわからないことだらけだが、このたびだけははっきりとわかった。啓介は、ごくりと唾《つば》を呑《の》む。

「なにを、と。わからせてほしいのか？」

「い、や！　結構です、いりません！」

啓介はそう言い放って、グエンダルの下から逃げようとする。しかし彼は見た目より重くて、同時にその逞《たくま》しい腕が啓介の肩を押さえている。逃れることはできなかった。

「なにをもがいている」

呆れたように、グエンダルは言った。

「なにか、不都合でもあるのか」

「ふ、つごう、だらけだっ！」

せめてもと、大声をあげて抵抗した。しかしグエンダルにはまったくこたえていないらしく、彼は少しばかり不機嫌そうな顔をしただけだ。

「そうか……」

グエンダルが自分の唇を舐めた。その仕草が妙に艶《なま》めかしくて、啓介は思わず目をみはった。

「しかしおまえの都合など、私は知らぬ」

「な、ら、聞くな！」

裏切られたような気分で啓介は両腕を振りまわす。暴れる啓介にグエンダルは笑って、そのまま腰に手を伸ばしてきた。

「ひ、あ！」

直接肌に触れられて、意図せず妙な声があがってしまう。彼は何度か腰まわりを撫でて、そのたびに嬌声《きょうせい》を立てる啓介など知らぬといったふうにジーンズの縁に指をかけた。

「や、だ……っ！」

「ふん」

抵抗する啓介をひとつ嘲笑っただけで、グエンダルは慣れた様子でジーンズを脱がせる。鮮やかな手つきで下着まで取り払われて、啓介は妙に感心してしまった。

（魔界にも、ジーンズとかあるのかな……？）

しかしそのようなことを考えられたのも、少しの間だけだった。裸にされた啓介の下半身は、みっともなく汚れている。自身は力なく半勃《はんだ》ちで、淫毛までもが精液に濡れていた。そんな自分の姿に啓介は眉を寄せたが、グエンダルはどこか嬉《うれ》しそうに笑うのだ。

「甘い匂《にお》いがする」

「え、っ……？」

なにが、と啓介は目を見開く。グエンダルは唇に笑みを浮かべたまま、体をずらした。先ほどまで啓介の唇を貪《むさぼ》っていた口を開いて赤い舌を出し、それを脱がされてしまった下半身に這わせてくる。

「う、あ……あ、ああっ！」

「しかし……この程度では足りんな」

啓介の下腹部を汚している白濁液を、グエンダルはぺろりと舐めた。その様子はまるで、飢えていた猫が与えられたミルクを舐めるかのようで、啓介は悲鳴をあげた。

「あの……言ってた、餌、って」

震える声で啓介がそう言うと、舌を出したままのグエンダルは、目だけをあげて啓介を見た。

「なんだ？」

「あ、の……餌って、言ってたでしょう？」

どうしても咽喉がわなないてしまうのを止められない。啓介は懸命に声を絞り出した。

「それって……あの」

「おまえの精液だ」

なんでもないことのように、グエンダルは言った。しかしそれを聞かされた啓介は、今まで記憶にないほどに驚いてしまった。

「な、な……なん、で……せっ、精液、が……？」

「なにを驚いている」

グエンダルは金色の目を細め、顔をしかめて啓介を見ている。

「餌だと言っただろうが。私は、魔界に帰らねばならぬ」

「そ、それは勝手にしてください！」

思わず啓介は声をあげた。自分の声が引きつっている。

「でっ、でも！　せ、精液舐めるとか！」

「なにか、おかしいか？」

逆にグエンダルは、理解できないというように首を傾げた。そのまま彼は、啓介の雄を舐めあげる。それは、ひくっと反応した。同時に啓介の体内には官能的な痺れが走り、思わず妙な声が出る。

「あ、は……っ……っ」

グエンダルが、ごくりと咽喉を鳴らした。そのまま彼は長い指を啓介自身に絡ませて、ぺちゃぺちゃと音を立てながら扱《しご》く。半ば力を失いかけていた欲望は、その刺激を受けて自分でも驚くほどに力を得た。

「や、あ……っ、っ……う、ううっ」

「なかなかに、色っぽい声が出るではないか」

悦《よころ》びをにじませた声で、グエンダルは言う。くすくすと咽喉を鳴らして笑いながら、なおも啓介を高め続けた。

「よい……もっと聞かせろ……私を、もっと悦ばせろ」

「そ、んなの……い、や……っ……」

それでも啓介は、グエンダルのもとから逃げるのを諦《あきら》めたわけではない。四肢を暴れさせて、少しでも隙《すき》を突こうとしている。しかしだんだん力が抜けてきたのは確かだ。直接に欲望をいじられていては当然だが、それでもこの先を許すわけにはいかない。これ以上、どれほどひどい目に遭わされるかわかったものではない——今でも充分、ひどい目に遭っているけれど。

「あっ、あ……あ、ああっ」

根もとから先端まで、グエンダルは指で輪を作って啓介の自身を捉《とら》え、そのまま何度も上下させる。そこは最初に触れられたときよりも、敏感になっていた。

(こ、んなの……)

まるでグエンダルが、そこになにかおかしな薬でも塗り込んでいるかのようだ。それは啓介の、ただの想像だったけれど、しかし実際にそうなのかもしれない。なにしろグエンダルは、魔界からやってきた魔王なのだ。

実のところ、それはいったいなんであるのか。啓介は判断しかねている。それでも異様な存在であることは違いなく、そして啓介は不本意ながらもすっかり彼に翻弄されている。

「やっ、や……あ、あ……っ……！」

欲望の先端が、ぬるりとしたものに触れられた。ちゅくちゅくと色めいた音が立って、そこからぴりぴりと、全身に伝わる痛いほどの快楽がある。

「だ……め、だめ……あ、そ……こ……っ」

「ここが、いいのか？」

グエンダルがにやりと笑う顔が、見えるようだ。実際は彼の顔を見るどころではなく、ただ身を反らせて、全身を走る奇妙な感覚から逃げようと試みることしかできない。

「ふふっ……いいのだな。このように、私の手に擦りつけてきて」

「そ、んな……こと。して、ない、っ」

啓介は声を張りあげたけれど、それは掠れた喘《あえ》ぎにしかならなかった。グエンダルはなおも指を器用にうごめかせ、啓介の欲に直接刺激を与えてくる。彼の指はリズミカルに動き、それは意図してのことなのか、そうではないのか。その動きはよけいに啓介を煽《あお》り、体の芯が再びすっかり熱くなるまでに、大して時間はかからなかった。

「あ、あ……あ、あっ……！」

「ほら……ふふふ……すっかり、硬くなっている」

喜ばしいことを口にするように、グエンダルは言う。そのような淫《みだ》らな言葉、普段に聞かされれば啓介は耐えられずに逃げているだろう。それなのに今の啓介は、逃げるどころか身動きもできず、翻弄されるままにただただ体を暴かれている。

「こちらも……こちらも、だな」

「ん、あ……あ、んっ……」

　グエンダルの指は、欲望がはちきれそうになっている竿《さお》のみならず、蜜嚢《みつのう》にまで触れてきた。そこを指先で突かれるだけで、つま先が痛いほどに大きくしなる。

「や、あ……あ、ああっ！」

「なんだ……このようなところまで硬くして」

　侮るようにそう言いながら、グエンダルの指は何度も蜜嚢に触れてきた。形を確かめるように指を這わせ、そのままそこを手のひらで包むと、捏《こ》ねるように刺激を与えてくる。

同時に、握りつぶされるのではないかという恐怖が啓介の全身に走った。

「っあ……っ、だ……やだ……っ」

「怯えることはない……おまえを疎《おろそ》かにすることは、しないよ」

　そんな啓介の心を見抜いているかのように、グエンダルは優しい口調で言った。

「おまえは、私の餌だからな。死なれては困る」

「あ……」

　グエンダルが魔王だろうがなんだろうが、とりあえず殺されることはないらしい。それに安堵《あんど》していいものかはわからないけれど、本能的に感じた恐怖は払拭《ふっしょく》された。

「おまえが、もっと甘いものを出せば」

「ん、んっ、ん、んっ！」

「ますます、懸念することはないな。おまえは私の求めるがままに、応じればいい」

そう言って、グエンダルはきゅっと蜜嚢を包み込んだ。ゆっくりと、まるで壊れものに触れるかのように力を入れる。同時に張り詰めた竿もなぞられた。かりりと爪《つめ》を立てられ、啓介はひくりと反応する。それを愉《たの》しむように、彼は何度も硬くなっている雄を引っ掻《か》いてきた。

「あ、ん……ん、んっ……っ」

それはあまりに直接的な刺激で、啓介は大きく目を見開く。溢れる声は掠れて縺《もつ》れて、ときおり甲高く響いている。まるで恋鳴きの猫のもののようで、とても自分のあげている声とは思えないが、しかしグエンダルは悦んでいるらしい。彼の低い笑い声が絡んでくる。その声が啓介の嬌声に混ざって、ますます淫靡《いんび》な音色を奏でていた。

「だ、め……もう、だめ……！」

「出すか？」

どこか楽しげに、グエンダルは言った。

「いいぞ……出せ。すべて飲み干してやる」

「や……あ、あ……、ん、っ」

まさにそれを待っているのであろう、グエンダルの言葉を否定しようとした。

「や、っ……出、さ……な、い……っ……」

啓介は激しく首を振った。するときらきらしたしずくが目の前を飛ぶ。いつの間にか啓介は泣いていて、涙が散って宙を舞ったのだ。

「ふっ……まるで、処女のようだな」

「……は、っ……？」

グエンダルの言ったことが聞き取れなくて、啓介は思わず声をあげた。しかし彼は、少し口もとを歪めるだけの笑みを見せる。そのままゆっくりと艶めかしい唇を開くと、張り詰めきった啓介の欲望を挟み、咥《くわ》えた。

「ん、ん……ん、んっ……！」

先ほどもこうされたけれど、グエンダルの言うとおり啓介は今にも爆発しそうな欲望を持て余している。彼の唇、触れる歯、舐めあげる舌。それらは不規則に啓介を刺激し、たちまち限界まで追いあげる。

「あ、あ……あ、ああっ……ん、ん……っ！」

「いい声だな」

はっ、とグエンダルは熱い息を吐いた。それにすら感じてしまう。伝わってくる声に、グエンダルも感じているのかもしれないと思った。

「は、あ……っ、ん、んっ……っあ、あ、ああっ」

どうしても抑えられない声に、グエンダルの浅い呼気が絡まった。彼は啓介の、血管の浮いた欲望を咥えている。彼は唇と歯を使って扱き、舌を絡ませてさらに追い立てた。

あまりにも容赦なく性感を揺さぶられて五感を失いかけている啓介は、それでも涙で潤んだ瞳に映る、グエンダルの相貌《そうぼう》をぼんやりと捉えている。

「っ、は……は……っ……ん、んっ」

こうやって啓介を容赦なく攻め立てて、そのうえで余裕の言葉を吐くグエンダルは、さぞ冷静な顔をしているのだろうと思った。餌と呼ぶ啓介の精液にしか興味がないのだから、こうやって攻めるのも餌のため、だから性感など彼には無縁だと思っていたのに。

「……っ……ん、っ……」

掠れた声が、啓介の耳に届く。自分の嬌声ではないと、啓介は思わず目をみはった。啓介の陰茎に舌を絡ませ、先端を軽く咬《か》んでは舐め、その間も繰り返し幹の部分を扱いている彼は、微《かす》かに頬を赤くしている。その金色の目は濡れて光って、頬の紅潮と相まってあまりにも淫靡だ。

「ん、あ……あ、あ……ん、んっ、あ！」

そうやってグエンダルは、啓介の体に夢中になっている様子を隠さない。クールで高圧的な男だと思っていたのに、その前に人間ではない彼は、啓介の想像など及ばない個性を持っているのかもしれない。

取り憑《つ》かれたように舌を使うグエンダルは、ちらりと視線をあげて啓介を見る。満足そうに目を細め、一瞬その表情はまるで子供のように見えた。

（こんな……あり得ないことするやつ、なのに……）

そんな彼の様子に、啓介の警戒心は少しばかり緩んでしまったのかもしれない。思わぬ姿に、性感を追いあげられてしまったのかもしれない。啓介は意図せず、大きな声をあげてしまった。しかもそれは、自分で想像したこともない色めいた声だ。

「あ……っ、ん、んっ……！」

「いい声だな」

嬉しそうに笑ったグエンダルは蛇のような舌を出して、その先端で雁《かり》の部分をくすぐった。さらに抉《えぐ》るようにする。もうこれ以上は感じられないと思ったのに、そこからは新たな痺れが生まれて、すでに限界を迎えている啓介を苛んだ。

「だめ……も、っ……で、る……！」

「出せ」

それでもその声は冷静に、まるでなにも感じていないかのように響いた。彼の言葉は、限界を迎える啓介の体の深い部分にまで沁《し》み込む。

「何度でも……私が満足するまでな」

「あ、あ……っ……ん、んっ……！」

続けざまに、はっ、と大きな息が洩れた。啓介の体は大きく強張《こわば》って、指先さえも自由にならない。自分の意思はどこに行ったのかもわからず、目の前が塗りつぶされて真っ白になった。

「ん、あ……あ、あ……ああ、っ……あ！」

きらきらと、目の前の白に星が横切る。啓介は、意識のどこか遠いところでそれを「きれいだ」と感じ、ただ見つめていた。

「あ、っ、あ……、ああっ……」

腰が大きく跳ねる。じゅくじゅくと淫らな水音がする。自分が欲望を解き放ったこと、今まで知らなかったほどの絶頂に、感覚がついていかないこと。それらをぼんやりと受け止めながら、グエンダルがなおも、放ったはずの啓介の欲望を離さないことに気がついた。

「な、あ……っ……？」

彼の金色の目が、濡れて光っている。それは絶頂のときに見た星のようだと思い、同時に啓介は「ひあっ！」と甲高い声をあげた。

「も、や……だ……っ」

諦め悪くグエンダルから逃げようとして、啓介は精いっぱい体に力を入れることを試みた。しかし彼の力は変わらず強くて、啓介の努力が実る様子はない。

「やめろ、よ……」

それでもできるだけ、はっきりとそう言ったつもりだった。しかし声は掠れて乱れてい

て、自分ですらちゃんと聞き取れない。

「も、う……いいだろう？　やめ、ろ……」

グエンダルの赤い舌は、さらに啓介を追いあげようというように陰茎に絡みついている。その舌に舐められると、わずかにざらざらした感覚が啓介を攻めあげ、背に大きく、ぞくりとしたものが走る。

「ひ、あ……あ、ああっ……！」

「やめろ、と言うか」

背中を走った感覚は、グエンダルに押し倒されてから何度も味わったものだ。しかし繰り返し感じさせられても、慣れることはない。それどころか神経はますます敏感になっているかのようで、嬌声を止めることができないのだ。

「やめていいのか……？　ほら、ここも」

やめるどころか、そのまま啓介を追い立てながら、グエンダルはにやりと笑った。同時に熱い呼気が、彼の手に中にある自身に吹きかけられる。

「ん、あ……あ、ああっ！」

その感覚に啓介は新たに声をあげ、残った体力がすべて抜けていく感覚を味わった。啓介が脱力したのを感じ取ったのか、グエンダルは顔をあげる。

「まぁ……無理をさせるのも、本意ではない」

「もう、無理させてるよっ！」

思わずわめくと、グエンダルがにやりと笑う。彼は啓介の股間から手を離した。それに心底安堵しながら、啓介は全身に残った力を振り絞って、少しでもグエンダルから離れようとする。

「どこへ行く」

しかしそれを、グエンダルが引き戻そうとした。腕を摑まれると、触れられたところからびりびりとした感覚が伝わってくる。

「ん、あっ！」

反射的に啓介が声をあげると、グエンダルは色めいた笑みを浮かべた。触れたところから感じる刺激など、彼にはなんでもないらしい。しかし啓介には避けようもなくはっきりと伝わってきて、同時に醒《さ》めたはずの情欲が再び目覚めるように思った。

「やだ、やだ……っ！」

それを恐れて、啓介は大声で言った。グエンダルの手が摑んでくることにも構わず、振り払って逃げようとした。

「おまえが逃げるつもりなら」

そんな啓介を引き止めたのは、グエンダルの声だ。今まで聞いてきたはずなのに、それが妙にせつなく感じられ、啓介は振り返ってしまった。

「……な、に？」

それ以上グエンダルは声を出さず、啓介は惑った。彼はじっと見つめてくる。金色の瞳が光って、啓介はどきりとした。彼が泣いているように見えたのだ。

「え、と……」

ますます啓介は困惑して、眉を寄せた。しかしグエンダルはすぐに先ほどまでの淫らで、同時に逆らえない圧力を感じさせる笑みを浮かべる。

「わ、っ！」

その表情を目にした瞬間、啓介の全身が危険を感じ取った。グエンダルが危険であることは今さらであるはずなのに、一瞬でも油断した自分の愚かさが嘆かわしい。

「人間に過ぎぬ存在が、私に逆らうのがどういうことか……わかっているのか」

「あ……え、っ……」

「おまえが逆らうか。人間のくせに」

そう言われて、啓介は何度もまばたきをした。啓介の表情はどう変わったというのか、グエンダルは少し不思議そうな顔をする。

（さか、らう……？）

その言葉に、啓介は驚いた。今まで生きてきた二十年、啓介が言われ続けた呼称はなんだったか。お人好し、断れない子——そういう不名誉なものではなかったか。

「生意気な」

それもまた、啓介に向けられる初めての言葉だ。聞かされることの新鮮さに、啓介はただ驚くばかりだ。

(そ、んなこと……言われるの、初めてだ)

啓介を睨みつけているグエンダルが、怪訝《けげん》そうな顔つきになった。目に映るものが、意外だったのだろう。

(こんなふうに、人に逆らうとか……確かに初めて、かも)

何度か啓介がまばたきをすると、グエンダルの表情はますます奇妙なものを見る色に染まる。

(まぁ……ことがことだからな)

経験したことのない、しかもあのようなことを無理やりされて、逆らわない者はいないだろう。それがいくら、啓介のように逆らえない体質であっても。

「おかしな人間だ」

グエンダルは吐き捨てるようにそう言って、啓介の腕を解放した。大きく安堵の息をついて、啓介は彼から遠のく。乱された衣服を慌てて直す啓介を、グエンダルはまるで危険な動物でも見るかのように見つめていた。

「まぁ……餌としては、悪くない」

大きく息をついて、グエンダルは言う。ここにおいて初めて、啓介は彼が低くてハスキーな声をしているということに気がついた。

「私は、魔界に帰る」

「は、ぁ……」

啓介としては勝手にどうぞ、と言いたいところで、さらにいえば「早くそうしてくれ」と急《せ》かしたいところではあったが、そのようなことを口に出してグエンダルを刺激してはいけないので、曖昧《あいまい》に口ごもるだけに留《とど》めておいた。

「そのためには、我が身に人間の力を取り入れなくてはならぬ……この程度では、まだまだ足りない」

「い……っ」

おかしな声をあげてしまった啓介を、グエンダルが睨む。熱量が感じられるような彼の視線を受けて啓介は大きく震えたけれど、嵌め忘れていたジーンズのボタンのことを思い出して、慌てて手を動かした。

「……おまえひとりの力では、充分ではないのでな」

不満そうにそう言うグエンダルに、自分のせいではないことを主張したいところではあったが、やはり彼を刺激するのを恐れて啓介は黙っていた。

「私の力が満ちるまで、ここにいる」

「はあっ⁉」

自分を抑えていたつもりだったが、床を指差してそう言ったグエンダルの意図を確かに受け止めた啓介は、思わず頓狂な声で叫んでしまった。

「ここって、ここ？　俺ん家⁉」

そんな啓介を、グエンダルはまたじろりと睨む。反射的に口を噤んだ啓介は恐る恐る、そっと視線を投げ返した。

「ここは、おまえの屋敷か」

「ま、ぁ……ってか、屋敷ってほどじゃないですけど」

屋敷と言うほどではない、どころか遠くかけ離れているけれど、そこが突っ込むところかどうかわからなかったので、啓介は小さな声でそう言った。それが聞こえたのか聞こえなかったのか、グエンダルはまた不機嫌そうな顔をする。彼が再び蛮行に及ぶことを恐怖したが、とりあえず今はそのつもりはないようだ。

「ならば、おまえに世話になる」

高圧的にグエンダルは言った。とても『世話になる』者の取る態度ではない。それでも彼がそのような言葉を知っているというだけで驚くべきことだと、啓介は思った。

「世話、ったって……なにもできませんけど」

小さな声で啓介がそう言うと、またグエンダルに睨まれる。なにもできないどころか、また押し倒されるかもしれない。その可能性に怯える啓介に、彼は特徴的な掠れ気味の声で言った。

「私に、ねぐらを貸せ」

やはり横柄に、グエンダルは告げた。

「ここをねぐらに、人間を狩る」

「ひぇ……」

聞かされた言葉の不穏さに、啓介は震える。グエンダルは不思議そうに目を細めた。

「どうした」

「か、狩る……って、どういう意味ですか」

どうしても声がわななくのを抑えられない。そんな啓介を、グエンダルはなおも不審げに見ている。

「そのままの意味だが？」

それがわからないから、尋ねているのだ。今の啓介には、他人のことを心配できるほどの余裕がない。啓介の懸念は『狩る』という言葉が『殺す』という意味で、死体をここに持ち込まれることがあったらどうしよう、という点にあった。

「……殺すんですか？」

小さな声で啓介が言うと、グエンダルは今までになく訝しげな表情を見せる。まるで啓介がわかりきっていることを尋ねている、その理由がわからないとでもいうようだ。

「殺しては、魂が食えないではないか」

「た、魂?」

声が思わず裏返ってしまった。グエンダルが言っているのは、ともすると殺されるよりも恐ろしいことかもしれない。改めて啓介は震えあがった。彼はなおも胡乱《うろん》げな顔をしている。

「人間を堕落させ、その魂を引き出して、食う。力を回復させるためには、そのほうが手っ取り早いのだが……」

まるで明日の天気を話題にしているかのような口調で、グエンダルは呟いた。啓介の脳裏には、恐怖とともに今までに感じたことのない疑問が湧《わ》いている。

「しかし人間ひとりを堕落させるのは、手間がかかる。それだけの価値があるとはいえ……それよりは、先ほどの手のほうが面倒がない」

先ほどの手というのは、精液を飲むことに違いない。初めて、なんの心構えもなくあのようなことをされた啓介としては「面倒がない」などと簡単に片づけてほしくないのだけれど。

「は、あ……」

未知なることを聞かされて唖然《あぜん》としている啓介を、グエンダルがじっと見つめてくる。

彼の瞳の光に意識を引き戻されて、はっとした。啓介は慌てて首を振る。

「堕落させるって、どういう意味なんですか……？」

震える声でそう問うと、グエンダルはまた、奇妙なことを耳にしたような顔をした。彼は、異世界から来た魔王であるという。そのようなことを聞かされても、啓介にはぴんとこない。グエンダルのことはなにもかもが不明だけれど、少なくともその表情の変化は、人間に近いと感じる。それは不可解の渦の中にいる啓介にとって、理解できる数少ない一面だった。

「堕落、は……」

なにもかもにおいて高飛車なグエンダルは、意外な一面を見せた。首を傾げて、考え込む様子を見せたのだ。その長い黒髪が、さらりと揺れる。

（こういうところ……意外と、かわいい……？　かも）

とても口には出せないけれど、啓介はそう感じた。悩む様子のグエンダルを前に思わず口もとが緩み、しかしそれはほんの一瞬だった。

「してほしいか？」

「……え？」

グエンダルが微笑む。それは明らかに危険を感じる笑みで、啓介はもう何度目になるのかわからない怖気《おぞけ》を感じた。

「おまえを、堕落させてやろうかと言っているのだ」

「え……え、っ！」

啓介の声は、今までないほどに裏返る。グエンダルはこれ以上ないだろうというほどの邪悪な笑みで、啓介を見た。それはもう、心の色のほどがはっきりとわかる笑顔だった。

彼はそのまま啓介を見つめる。

「味わいたいのだろう？　魔王の、誘惑を」

「い、え……」

啓介は懸命に首を振る。髪が頬を叩いた。

「結構です……遠慮、します」

「ふぅん」

さぞ怯えた顔をしていたのだろう。グエンダルは心底楽しそうにこちらを見ていたけれど、ふと笑みの種類を変えた。その顔からは、少なくとも悪辣《あくらつ》の色は消えた。

「遠慮するな、と言いたいところだがな……今の私はさしあたって、おまえを頼りにするしかない」

頼りにする、などと殊勝なことを言っておきながら、その表情からはそのような心は見て取れない。それどころかますます傲慢《ごうまん》に見えた。

「おまえの魂を食ってしまったら、この世界での私のねぐらがなくなってしまうからな。

おまえを食うのは、帰る目処《めど》がついてからでも遅くない」

「結局、殺すんじゃないですか！」

思わず啓介が言うと、グエンダルの表情はますます悪巧みを抱く者のそれになる。

「ただ無意味に死ぬのとは、わけが違うぞ？　この魔王、グエンダルの餌になるのだ。死後は間違いなく、魔界に行ける」

「俺は、天国に行きたいです！」

そう叫びながら啓介は、魔界と地獄にはどんな違いがあるのだろうかと考えた。どのみち進んで行きたい場所だとは思えないが。

「そうか？　天国など、つまらない場所だ」

そう言いながら、グエンダルは手を伸ばしてくる。びくりと大きく反応した啓介は、彼に顎をつままれてまた震えた。

「堕落するのがいやなら、私が魔界に連れていってやるが。魔王の案内だ、最高の思いができるぞ」

（とても、そうは思えないけど……）

心の中ではそう言いながらも、グエンダルに触れられて啓介はこのうえなく怯えた。魔王を名乗る男には何度触れられようと、慣れることはないと思った。

「それでも、私の案内を拒否するか？」

「い、や……あ……の……」

今までになく、グエンダルの顔が近くにある。肌の白さは高級な陶器のようで、つい触れてみたくなるほどになめらかだ（触れるなんて恐ろしいことは、とてもできないけれど）。長くてまっすぐな黒髪が、その白さを引き立てている。

（は、あ……）

心の中で、啓介はため息をついた。グエンダルの、光を受けてきらきらしている瞳は空で強く輝く星のようで、そこに潜む邪悪な心を知っていてもなお、思わず嘆息してしまう。

（きれい、だな……）

黒いもふもふが急に姿を変えて、不可解な人の形になった。それは魔王だとか名乗って、さんざん啓介に無体を働いた。そんな過程を経てさえなお、グエンダルは素直に「美しい」と思える外見をしていた。

（悪魔は、天使よりもきれいだっていうしな……人間を誘惑するために）

魔王と悪魔の違いなどわからないが、善よりも悪のほうが美しいという理屈はわかる。そういう意味では、グエンダルの驚くほどの美貌にはやはり理由があるのだ。

「なんだ」

じっとグエンダルを見つめている啓介に、彼は訝しそうな顔でそう言った。話しかけられて、はっとする。

「いや……なん、でも……」

啓介は口ごもって、グエンダルから視線を逸らせた。彼は胡乱げな表情でこちらを見ていたけれど、立ちあがって啓介から離れた。そのことにほっとし、慌てて乱された服を整えた。

グエンダルは窓の向こうを見ている。薄暗くなりかけた空は、茜《あかね》と群青に彩られていて、今日はそのコントラストが特にきれいだと思った。

（なに見てるのかな……？）

グエンダルは窓の外を見つめているばかりだ。啓介はそっと立ちあがると、ちらちらと彼を見やりながらキッチンに向かった。夕食の準備を始めた啓介が音を立てても、こちらを見もしない。

（そういえば……魔王って、ごはん食べるのかな……？）

冷蔵庫の中を覗きながら、啓介は首を傾げた。

（いや、もしかしたらさっきのが食事……なのかな。そうだとしたら、俺は日に……三度？）

先ほどのようなことを、一日に三回もされるのか？　それを考えるだけで、全身に恐怖が走る。卵を取り出す手にできるだけ力を入れて、落とさないように慎重に扱った。

冷蔵庫に入っていた食材には、それほどバリエーションがなかった。こういうときの啓介は、炒飯を作る。それ以外のレパートリーがないともいう。

「ひゃっ」

キッチンでの作業に夢中になっているところに、いきなり後ろからぎゅっと抱きしめられた。驚いて、フライパンの中をかきまわしていた木べらを取り落としてしまう。

「な、な、なにっ!?」

「なにをしている」

体に腕をまわし、肩越しにフライパンを覗き込んでいる。グエンダルは不思議そうにもうすぐできあがる炒飯と、啓介の顔を何度も見やった。

「あ、の……絡まないでくれますか」

「なにを言う」

啓介はできるだけ冷静を装って、グエンダルを振り払おうとしたけれど、しかし彼は腕の力を抜こうとはしない。

「なにをしていると訊いている」

「俺の、晩メシ作ってます」

「ふぅん？」

フライパンからは、いい匂いが漂っている。しかしグエンダルにとっては特に食欲をそそる匂いではないらしく、興味のないような顔をしていた。

「邪魔だから、離して……」

「これは、おまえの食事だということか」

それでいて彼はフライパンに視線を注いでいる。啓介が頷くと「そうか」と何度も頷いた。

「とても、美味そうには見えないが……これがおまえの力になるのだな」

「そうです……」

グエンダルは不思議そうにそう言うばかりだが、啓介は妙に緊張してしまう。炒飯を焦がしかけて、慌てて火を止めた。

「なるほど、おまえはしっかり食事をせねばならん」

啓介の体を解放して、グエンダルは何度も頷きながらそう言う。啓介はほっとして、炒飯を皿に盛った。

「私の、餌になるためにもな」

「そ、れは……」

動揺を隠すためにグエンダルに背を向けて箸《はし》を出しスプーンを並べ、それから冷蔵庫を開けた。

「ん……？」

魔王というものは存外、人間の生活に好奇心旺盛《おうせい》らしい。グエンダルは啓介の後ろから一緒に冷蔵庫を覗き、そしてひょいと手を伸ばした。

「なんだ、これは？」

「シュークリーム……だけど」

炒飯には興味を示さなかったくせに、シュークリームには惹《ひ》きつけられたらしい。グエンダルはシュークリームを手にして、矯《た》めつ眇《すが》めつするように見やっている。

「美味いのか？」

「俺は、好きだな」

啓介が慎重な返事をするとグエンダルは頷いて、いきなりシュークリームのビニールをばりばりと破った。

「食べてもいいから、あっち！　部屋に行こう」

「ふむ……」

ビニールを剝《む》いたシュークリームを目にして、グエンダルは頷いた。啓介は炒飯の皿を手にリビングに向かい、テーブルの上に置く。グエンダルは妙に用心深く啓介の前に座ると、コンビニで『特大サイズ！』と謳《うた》われていたシュークリームを齧《かじ》る。

その様子を、啓介はなんとなく観察していた。あの傲岸不遜《ごうがんふそん》なグエンダルが、大きな口を開けてシュークリームを食べる。それはとても面白い見ものであるように思ったからだ。

「ん、っ」

齧ると、中のクリームが流れ出てくる。そんな展開はグエンダルにとって意外だったらしく、彼は金色の目を見開いた。クリームを逃さないように舌を出して舐めて、するとその赤い舌とクリームの白さ、カスタードの黄色が混ざって奇妙に艶めかしかった。

「美味いな……」

「あ、そう？」

炒飯を食べながら、啓介は頷いた。

「美味《おい》しいよね。俺も、好きだ」

しかしグエンダルは、啓介の言葉を聞いていないらしい。こぼれるクリームを垂らしては、それを指先で拭《ぬぐ》いながら、必死にすべてを口にしようと頑張っているグエンダルのさまは、啓介にとって新鮮な姿だ。

「ん、ん……っ」

クリームを舐めるときに微かに洩れる声にさえも、ついつい聞き入ってしまう。結局手をべとべとにしながら、シュークリームを片づけたグエンダルは、ひとつ大きなため息をこぼした。

「満足した？」

スプーンを動かしながら啓介が尋ねると、グエンダルは金色の目で睨みつけるようにこちらを見た。

「え、と……満足、できてない……？」

「もっと寄越せ」

クリームのついた手を舐めながら、グエンダルは言った。その姿は、奇妙なまでに色っぽい。

「この程度で、足りるわけがないだろう。もっとだ」

「一個しかないけど」

啓介がそう言うと、グエンダルは一瞬怒りの表情を見せて、そして驚くほどにしゅんとしてしまった。

「そうか……」

「あの……ええと」

未練を断ち切れないとでもいうように、グエンダルは手についたクリームを舐めている。その赤い舌が、大胆に淫らに動いたのを見たはずなのに、啓介は改めてその艶めかしさに視線を奪われた。

「素晴らしい……このように美味なものを、今まで味わったことはない」

独り言のように繰り返しそう呟くグエンダルは、なおも未練がましく指を舐めながらシユークリームのビニールを見ている。

「これは、私を喜ばせるために作られたのだな？　人間も、なかなかやるではないか」

「いや……別に、グエンダルだけのために作られてるわけじゃないと思うけど……」

思わず突っ込んだけれど、うっとりしているグエンダルに水を差すこともなかろうと、それ以上は黙って、炒飯を食べた。


なおも未練がましくシュークリームのビニールを見ているグエンダルを促して、手を洗わせる。啓介は夕食の片づけをした。シュークリームを思い出させるものがなくなるとグエンダルはもとの彼に戻り、やはり窓際に座って外を見ている。

屋外はもうすっかり、夜のとばりが降りている。なおもその光景を見つめているグエンダルをちらちらと見やりながら、啓介は学校の課題をこなし、風呂《ふろ》に入った。

「あの……グエンダル？」

髪を拭いながら声をかけると、グエンダルは啓介を見る。金色の瞳が、きりりとつりあがった。

「そこに、ずっといるの？」

「ずっと、とは？」

不思議そうにグエンダルが問うてきて、啓介は困惑した。なにを見ているのかは知らないけれど、夜空はそれほどに見飽きないものだろうか。グエンダルには、啓介には見えないものが見えているのだろうか。

「俺、寝るけど」

「寝る……」

啓介の言葉を、グエンダルは不思議そうに繰り返した。そして窓際から離れて、啓介に近づいてくる。反射的に大きく体が震えた。

「それは、こういうことか？」

「ち、ち、違うっ！」

抱きしめられて、彼の体の熱さを感じさせられて、また体が反応した。腕の中の啓介がなにを感じているのか読み取ったらしいグエンダルは、薄く笑って腰に手をまわしてきた。

「わ、っ」

「私に、抱かれたいということか？」

「違う、違う違う！」

じたばたしながら拒否の言葉をこぼす啓介は、そのまま床に押し倒される。グエンダルがのしかかってきて、また先ほどのような経験をさせられるのか——と思わず体が強張った。

「ふふ」

恐怖する啓介は、いったいどのような顔をしていたのか。微笑んだグエンダルの指が、頬をなぞる。すりすりと触れられて、体の奥からぞくりとした。

「そうだな……おまえが望むのなら、抱いてやらんでもないが」

「の、望まないっ！」

思わずわめくと、目の前のグエンダルがにやりと唇の端を持ちあげた。

「おまえが、私に惹かれていることはわかっている……抱かれたいと思っていることもな」

「お、お、思ってないっ！」

必死に声を立てる啓介を、グエンダルは楽しそうに見つめてくる。先ほどは口のまわりと手を汚すことも気にせずにシュークリームを頬張って、子供のような表情を見せていたのに。今の彼は、魔王の名称にふさわしく艶めかしく危険な香りを漂わせている。それに包まれて、啓介は思わずどきどきしてしまうのを止められない。

「本当に……？」

自分の唇を、ちろりと舐めながらグエンダルはささやいた。

「おまえの本音は、わかりにくいからな」

「そ、んな……こと、ないと思うけど」

精いっぱい抵抗する口調で啓介は言った。そんな啓介を、グエンダルは目を細めて見つめている。

「まぁ、今すぐにとは言わぬ。おまえの心が、もっとほどけてから……もっと私を、受け入れてから」

独り言のようにグエンダルはそう言って、そして啓介を抱きしめる腕を強くした。

「そのほうが、魂は食らいやすい……」

「や、っ……苦し、い……」

彼の腕から逃げたいがばかりに、啓介は不満を声にする。

「はな、して……っ……」

しかし掠れた啓介の懸命の声に、グエンダルは笑うばかりだ。ぎゅっと抱きしめられると、彼のまとっている分厚い革の衣装を通してほのかな体温が伝わってくる。

（あ……体、あったかいんだ）

そのことが驚くほどに意外だった。黒のもふもふがいきなり姿を変えて、それが魔界の魔王だなんだと言われて、思いもしない淫らなことをされて。啓介にとっては不可解の極みである存在の彼が、こうやって体温を持ち、抱きしめられると心地いいなんて、あまりにも予想外だった。

（なんか……普通の人間、みたいだな）

無意識のうちに啓介は手を伸ばしていた。グエンダルの背中で手を重ね、少し力を込めると、間近に迫った彼がにやりと笑った。

「どうした。私に甘えたくなったか？」

「ち、ち、ち、違う！　そういうんじゃ、ない！」

思わず大きくそう叫んで、グエンダルから遠のこうとする。しかし啓介の背にまわった彼の腕は力強くて、逃げることができない。

「まぁ、安心しろ。おまえの魂は食わぬ……さしあたっては、な」

「さしあたってって、なんだ！」

啓介がわめくと、グエンダルがくすくすと笑う。その大きな手でざらりと背を撫でられて、反射的に啓介は大きく跳ねてしまう。

「ひ、あっ！」

洩らした声は奇妙に色っぽく響いて、慌てて口を噤む。そんな啓介を、グエンダルは楽しそうに見つめているのだ。

「私が、おまえを選んだのだ。光栄に思え」

「え、らんで……いらなかった、し……」

呻き声で反論を述べる啓介に、なおもグエンダルは笑う。彼は宥めるように背を撫でてきて、するとなんとはなしに安堵を感じるのはなぜだろう。

「そう言うな……照れ隠しなど、おまえには似合わぬ」

「そんなん、じゃ、ないって！」

腕の中でじたばた暴れる啓介を、グエンダルはなおも笑っている。どう言っても彼には通じないのだと、諦め半分、それでも希望は捨てないという気持ち半分で、啓介は声をあげた。

「私の世話をすることが許されるのだ、光栄に思え」

「だ、から、っ！」

グエンダルは腕をほどいた。彼の体温が離れていく。そのまま彼は窓際に座り、また屋外に目をやった。

「は、あ……」

抱きしめてくる力から解放されて、大きく息をつきながら啓介はグエンダルを見やった。暗い室外にただ視線を向ける彼は少し厳しい表情をしていて、その見つめるものはなんなのだろうと、今さらながらに少しだけ気になった。

2

　がぁ、がぁ、と好戦的な鳴き声がする。

「ん……ん、っ……？」

　啓介は布団から体を起こした。窓から差し込む朝の光が眩《まぶ》しくて、何度もまばたきをする。寝ぼけた頭が徐々にしっかりとしてきて、同時に視界に入った光景に、啓介は思わず悲鳴をあげた。

「わ、あ……っ……あ、っ？」

　ベランダには、数え切れないほどのたくさんの鴉《からす》が集まっている。真っ黒な鴉は皆大きな体をしていて、尖《とが》った嘴《くちばし》を開けてしきりになにかを求めている。

「な、なんで……なんで、こんな……？」

　その鴉たちに囲まれているのは、グエンダルだ。彼は鴉たちに手をかざし、まるでその指先から餌でも撒《ま》いているかのように、鴉たちは喜んで彼の指先をつついた。

「ああ、啓介」

　グエンダルはこちらに顔を向け、金色の瞳をひとつ光らせる。布団から出た啓介は、しかし鴉の一羽一羽がやけに大きいことから、怖くて近づくことができない。おまけに鳴き声も大きくて、響くそれにますます恐怖を煽られる。

「な、に……してるの?」

恐る恐る啓介がそう言うと、グエンダルはばかにしたような表情を見せた。

「我が眷属《けんぞく》たちの、挨拶を受けている」

「挨拶……?」

啓介は首を傾げる。よく見ると鴉たちは、その大きく尖った嘴になにかを咥えている。

「ぎゃ……」

芋虫に、昆虫。ネズミの死骸《しがい》に、なにかの動物の足。

「な、な、なんで、こんなもの!」

「どうしたというのだ、まったく」

グエンダルは呆れたようにそう言ったけれど、啓介は彼の近くに寄ることができない。鴉たちはめいめいに、なにか不気味なものを咥えていて、グエンダルは彼らが微笑ましいとでもいうように、鴉の貢物を手のひらに乗せている。

「う、わっ!」

彼の手のひらに乗せられた芋虫が、にょろにょろと動いた。啓介は思わず大きく後ずさりをしてしまう。

「や、めて……グエンダル」

床に座り込みながら、啓介は言った。

「そういう、の……怖いし、気持ち悪い……」

「ふん」

グエンダルは面倒そうに息を吐いた。それでも啓介の顔色や様子から、鴉の貢物が啓介にダメージを与えると気づいたのだろう。彼がなにか声をあげると、集まっていた鴉たちは飛び立っていった。

「は、あ……」

真っ黒な鳥が群れていた不気味さはどこへやら、窓際はいつもの平和を取り戻した。もっともそこに黒衣の男が座っているということを除けば。

「なにごとだというのだ。あれらは、私のかわいらしい眷属だ。私への贈りものを運んできたというのに」

「グエンダルにはそうでも、俺にとってはそうじゃないんだよ……」

また大きなため息をついてから啓介は洗面所に向かい、顔を洗って髪を整えた。キッチンで簡単な朝ごはんを作り、リビングのテーブルにそれを載せるともそもそと食べる。

「グエンダルも、食べる？」

「……それは、食べものなのか？」

鴉の運んできたものを見ても平然とした顔をしていたくせに、啓介の食べているパンや目玉焼きにはおぞましいものを見たような視線を寄越す。

「もちろん、食べものだよ。俺たちは、こういうもの食べないと生きていけないの」

「ほぉ……」

珍しいことを聞いたとでもいうように、グエンダルは低くそう言った。彼はそのまま、じっと啓介の食事の様子を見ている。それがなんとはなしに気恥ずかしくて、啓介は充分噛《か》まずに飲み込んでしまった。

「あれは、ないのか」

「あれ？」

フォークを置いた啓介に、グエンダルが問いかけた。

「昨日の、あれだ。甘くて、とろとろしたものが詰まっている……」

「ああ、シュークリーム？」

そう言いながら、啓介は空になった食器を盆ごと持ちあげる。

「もうないって言っただろう。欲しいんだったら、今日の帰りに買ってくるけど」

「欲しい」

グエンダルは即答し、じっと啓介を見つめてきた。そのまなざしは、まるで啓介を襲ってきたときと同じだ。緊張して、思わず背筋に力を入れる。

「うん……わかった。帰り、にな」

「帰りとは？　どこかに行くのか」

「学校」

　部屋の隅に放り出していたバッグの中身を確かめる。手帳に挟んである時間割と照らし合わせて、教科書をバッグに放り込み、それを摑んで立ちあがる。

「暗くなってから、帰ってくるから。俺が帰ってくるまで、むやみに外に出ないでね？」

「ああ、わかった」

　グエンダルはそう言って、すでに彼の定位置になっている窓際に座った。

（おとなしくしててくれるかな……）

　一抹の不安がないわけではない。むしろ不安だらけだけれど、かといって啓介が一日中見張っているというわけにもいかない。啓介は「いってきます」と言って、玄関を出た。

　啓介は、自宅近くのスーパーでバイトをしている。商品の補充やレジ打ちなど仕事は多岐にわたり、最初は覚えるのが大変だったけれど、今では啓介は、このバイトが結構気に入っている。

　先輩の話によると、以前は売れ残りの惣菜《そうざい》などをもらえたらしいが、それを「もらった！」というメッセージとともにＳＮＳにあげた輩《やから》がいたそうで、それからは禁止になった。啓介は、見たこともないその人物を恨んでいる。

「お疲れさまです！」

エプロン姿から着替えた啓介は、更衣室の中に向かって声をあげた。ばらばらの返事が聞こえてくる。啓介は会釈をして、慣れた足取りで従業員出入り口を抜けた。

スーパーに入ったときはまだ明るかったのに、もうとっぷりと日が暮れている。とはいえ人通りはそれなりにあるし、居並ぶ店の灯《あか》りは眩しいほどだ。

「あ」

コンビニの前を通った啓介は、思わず小さな声をあげた。買っておかなくてはいけないものを思い出したのだ。店から出てきた啓介の手には小さなビニール袋があった。

「ただい、まぁ……」

ひとり暮らしの家だけれど、帰宅したときには思わずそう言ってしまうのが啓介の癖だ。

靴を脱いで玄関をあがって、すると見慣れない人影が窓際に座っている。

「戻ったか」

「グエンダル……」

彼は金色の瞳を光らせて、啓介を見た。その視線の強さに思わずたじろぐが、こちらは家主でグエンダルが居候なのだ。家主が遠慮する必要はないと、啓介は自らに気合いを入れるために背筋を伸ばした。

「ただいま」

「ああ」

そっけない口調でグエンダルは言って、窓の外に目を向ける。そんな彼の様子をなんとはなしに見つめていたけれど、はっとして啓介は言った。

「外、出なかったよね？」

朝にした会話を思い出したのだ。どう見ても異様な風体のグエンダルに、外には出ないようにと言いつけておいた。

「出ないでって頼んだけど……出なかったよね？」

グエンダルはこちらに視線を向けて、そしてにやりと怪しげな笑みを浮かべる。その意味を一瞬考えた。

「出たの!?」

「なぜ私が、おまえの命令に従わなくてはならないのだ」

そのまま、怒ったような表情でグエンダルは言った。

「私は、魔界に帰るために人間たちの力を集めなくてはならない。そう言ったはずだが？」

「そりゃ、まぁ……聞いたけど」

グエンダルがまっすぐこちらを見ながらそう言ったのに、啓介は思わず視線を逸らせてしまう。そのまま彼が黙ってしまったので、また目を動かしてグエンダルを見た。

「人間の……力を、集めるって」

小さな声でそう言った啓介に、グエンダルは注意を払っていないようだ。ただ夜の屋外を見つめる姿に、なんとはなしに胸を突かれる感覚を得る。

（ああいうこと……ほかの人にもするのかな）

思い出したくもない記憶であるはずなのに、昨日のことが蘇《よみがえ》った。啓介はぶるりと身を震わせて、グエンダルの横顔を見やる。

（力を集めるって、言ってるもんな……あれを何回もして、溜《た》めていくのかな……力）

啓介は思わず、左胸に手を置いた。

（したんだ、ほかの人にも）

そう思うと、心臓がおかしなふうに打ち始めたのを感じる。

（どんなふうに？　俺がされたみたいに……あんな、ふうに……？）

窓の外を見つめているグエンダルを見やりながら、手に触れたシャツの胸もとをぎゅっと握りしめた。

（なんか、やな気分）

啓介は目をつぶり、小さく身震いする。立ち尽くしている啓介を不審に思ったのか、グエンダルがこちらに顔を向けてきた。

「……別に、好きにしたらいいけどさ」

わななきが伝わらないように、それがばれないように、低い声で啓介は言った。

「でも、なんか変なことしてるとこ……近所の人とかに見られたら、ここにはいられなくなるよ？」

「ふぅん？」

冷やかすような表情を見せたグエンダルは、首を傾げた。

「ここを本拠地にするとか……そういうことも、できなくなるから」

「心にかけてくれているのか？」

グエンダルがそう言って、思わず啓介は目を見開いた。

「そ、そういうんじゃないっ！」

にやにや笑いながらこちらを見ているグエンダルの表情に、思わずたじろいだ。

勢いよく、啓介は彼に背を向ける。乱暴な大股《おおまた》でキッチンに向かった。その背に、少しだけ沸き立った声がかけられた。

「あれは、ないのか」

「あれってなに!?」

つい怒鳴ってしまい、その声がやたらと部屋に響いた。啓介は慌てて口を噤むと、グエンダルを振り返る。彼は先ほどよりも、はっきりとしたわかりやすい笑みを浮かべていた。

「あの、美味いものだ。中にとろとろしたものが入っている……」

「シュークリーム？」

「ああ、それだ」

頷きながら、グエンダルは嬉しそうな顔をする。その表情は先ほどまでの彼とは打って変わって、おやつをねだる猫のようだと思った。シュークリームを欲しがる猫など、いるのだろうか。

「ないよ！」

中にシュークリームが入ったビニール袋を、極力隠しながら啓介は言った。なぜだかグエンダルにやたらにむかついて、シュークリームを渡す気にはなれなかったのだ。

「そうか……」

グエンダルは、驚くくらいにしょんぼりしてしまった。窓際で肩を落としている姿を見ると、啓介も申し訳なかったかと反省し、ここに彼の求めるものがあると言おうかとも思うのだけれど。

「……」

啓介はしばらく、グエンダルを見ていた。彼はがっかりした様子を隠しもしないで眉を下げていたけれど、やがて顔をあげてまた窓の外に視線をやった。

（……ふん）

その様子が、シュークリームのことなど忘れてしまったかのようで、啓介は新たにむっとした。

（やっぱり、やらない）

足早にキッチンに入ると、買ってきたシュークリームをさっさと冷蔵庫に突っ込んでしまう。その手で野菜や肉を取り出して、夕食の準備にかかった。手を動かし始めると、先ほどまでの怒りは少しずつ薄くなっていく。

（シュークリームのこと、悪かったかな……？）

そうするとまた、グエンダルに対しての罪悪感が浮かぶが、できあがった食事を盆にのせてリビングに持っていったとき、グエンダルは先ほどから様子を変えずにやはりじっと闇《やみ》を見ていた。その姿になぜか再び怒りが湧きあがって、啓介は少々乱暴に、盆をテーブルの上に置いた。

グエンダルが啓介の家の居候となってから、どのくらいが経っただろうか。

（一週間……いや、二週間？　くらいだったっけ？）

大学への道を歩きながら、ふと啓介は首を傾げた。黒いもふもふとして姿を現して啓介の家にやってきたグエンダルは、啓介が見るときはいつも窓際に座っている。なにを見つめているのか、そもそもなにをしているのか。

あれからグエンダルは、啓介に無体を強いてくることもない。もっとも二回目の摂取がまだだというだけで、今日にも明日にも、押し倒されてしまうのかもしれないけれど。

（それは阻止したい……けど、いきなりだったら、抵抗できるかな……？）

以前がそうだったように。そのときのことを思い出して、啓介はぶるりと震えた。そうやって肌が粟立《あわだ》つ感覚が、あのときのことを思い出させる。

（うわ……やば）

脳裏に浮かぶ記憶が外にこぼれてしまっていないか、思わずあたりをきょろきょろと見まわした。朝のせわしないひととき、行き交う者は誰も啓介を見ておらず、とりあえず恐れているような事態にはなっていないと安心した。

（今のところ近所迷惑とかにはなってないみたいだし……。なってないから、どうだってわけでもないけど）

頭の中で不埒《ふらち》なことを考えているのがばれないように、啓介は意識して真顔で歩いた。

そうやって緊張していたものだから、後ろからいきなり声をかけられて、自分でも大袈裟《おおげさ》だと呆れるくらいに驚いてしまった。

「おはよ。なに、難しい顔してんの？」

「ゆ、勇希……」

彼は朝一番という時間にもかかわらず爽《さわ》やかな笑顔で、啓介の背中を叩いてきた。

「痛い痛い！」

「あはは、ごめん」

明るく笑いながら、勇希は啓介と歩みを揃《そろ》えてくる。他愛《たわい》ないことを話しかけてくる勇希に、動揺していた心中を癒《いや》されるような気がして、啓介も彼に合わせて微笑んだ。

「なんか、疲れてない？」

そんな啓介の顔を覗き込みながら、勇希が首を傾げる。啓介は思わずどきりとした。

「べ、別に……？」

仮にそうだとしたら、それはすべて突然やってきた居候――グエンダルのせいだ。

「なんにもないんだったらいいけど……風邪《かぜ》とか、ひいても面倒だし」

啓介から少し離れ、頷きながら勇希は言う。

「夜は冷えるからね。気をつけて」

「うん……ありがとう」

(疲れてる、か……)

そう思ったことはなかったけれど。しかしあのような異風の客を、一週間以上も自宅に住まわせている。信じられない驚くことが起こったのは初日だけ、それ以降は窓際に座ったままのグエンダルがなにをしているのかが不思議なくらいで、実害もない。もっとも初対面でいきなり押し倒されて、あれやこれやとされたことを思うと、むしろその沈黙が怖いのだけれど。

「じゃあね」

今日の授業は、ふたりは教室が違う。勇希に手を振って、啓介は教室棟に入っていった。最近になってやっと覚えた教室の並びに沿って、今日の授業がおこなわれる部屋を探す。教室の中ほどの机に席を取ると、やはり最近顔馴染みになった女子学生が、笑顔とともに手を振ってきた。

その日の授業はすべて終わって、啓介はいささかくたびれた気持ちで帰り道を歩いていた。狭い歩道の脇では、相変わらず速度をあげた車が走っている。常緑樹の植え込みは、やはり排気ガスで汚れていた。

「……」

啓介は思わず足を止めた。ここでグエンダルを拾ったのだ。正確には、黒いもふもふ姿だったグエンダルを。

今は、それらしいものはどこにもない。しかしまたおかしなことが起こるのではないかと、きょろきょろしてしまう。

「……そんなわけ、ないけど」

つい自嘲《じちょう》して、啓介はまた歩き始めた。大きな車道から離れて住宅街に入っていくと、車の音はほとんど聞こえなくなる。

いつも立ち寄るコンビニの前で、啓介はシュークリームを買い足しておいたほうがいいのではないかという衝動に駆られた。足は自然に店内に向かい、啓介はコンビニの小さなビニール袋をぶら下げて自動ドアをくぐった。

(そうでなくても、居候なんだ)

袋の中のシュークリームを意識しながら、啓介は帰宅の道を歩く。マンションに着くと郵便受けを確かめてから二階までの階段をあがった。

「こんばんは」

すれ違った男性が軽く挨拶をしてくる。啓介もそれに応え、自宅のドアの鍵を開ける。

「ただいまぁ……」

いつもの調子でそう言ってから、啓介ははっとした。今は家に、自分以外の住人がいるのだ。もっとも彼は「おかえり」などと言ってくれるタマではないが。

啓介がリビングに入ると、グエンダルは変わらず窓際から外を見ていた。その金色の目がぎょろりと動き、啓介の姿を認める。少しだけ目がすがめられた。

「あの……ただいま」

「ああ」

つれない声でグエンダルはそう言った。視線はそのまま、啓介の提げているビニール袋に注がれた。

「おまえ……それ」

普段は窓際に座って、置きもののようにびくりともしないくせに。グエンダルは軽やかに立ちあがって、啓介に近づいてくる。彼の動きに、思わず大きく反応してしまった。

「それは……あの、美味いものだな……?」

「う、ん……シュークリーム、だけど」

グエンダルの目が輝く。先ほどまで近づくのも恐ろしいような顔をしていたのに、今の彼はまるで子供だ。足早に啓介に近づいて、ビニール袋をひったくった。

「わ、あっ!」

そしてその場に座り込み、もどかしいとでもいうように不器用にビニール袋から出そうとする。

「いや、もっと丁寧に……」

したほうが、早く食べられる。そう言おうと思ったのだけれど、グエンダルは啓介の言うことなど聞かないだろう。そのくらいの勢いでビニールを破り、シュークリームの包みも乱暴に取ってしまう。

「……ふふっ」

ようやく現れた本体を目に、グエンダルは微笑んだ。美味しそうなシューの部分に指先で触れ、笑みが濃くなっていく。こんな彼を見るのは初めてではない啓介も、その姿に妙なときめきを感じてしまうくらいにあどけない姿だった。

シュークリームに齧りつくグエンダルは、ますます幸せそうな顔をした。人間の魂を堕落させる、などと恐ろしいことを言う彼だけれど、目の前の姿は本当に同じ人物なのかと疑ってしまうほどに子供っぽくあどけなく見えた。

「は、あ……」

啓介のついたため息など、グエンダルは聞いていない。それほど大きくもないシュークリームを愛《め》でるように食べながら、その笑みは蕩《とろ》けたようになっていく。

「美味しい？」

なんとなくそう訊いてみると、グエンダルは目だけを少し動かした。彼なりの返事だったのだろう、その仕草はやはり妙にかわいらしくて、つられて啓介も笑ってしまう。

（いきなり転がり込んできた、迷惑な居候だけど……）

心の中で啓介は、何度もそう考えた。

（こういうのも……悪くないいな……？）

シュークリームはあっという間になくなって、グエンダルは未練がましく、指についたクリームを舐めている。そんな姿を前にして、啓介は思わず声に出して笑ってしまった。

いつものとおり、授業を終えて帰宅する。最近では少し暖かくなってきて、体を動かしているとそれほど寒さは感じない。

三叉路《さんさろ》の中央に沿って入ると目に入る住宅街の中ほどの、背の高いマンションの一室が啓介の家だ。独り暮らしだったはずのそこには先日から、大きくていやに邪魔な、魔王たる存在が鎮座している。

「ただいま……」

いつもどおり啓介がそう言うと、グエンダルの姿を探した。目の前の大きな窓の定位置に、グエンダルがいないのだ。

「あれ？」

買ってきたものをテーブルの上に置きながら、啓介は首をひねった。彼の定位置のベランダに頭を出して、あたりをきょろきょろとするけれど、なにも変わったことはない。ベランダから落ちたのではなさそうだ。

「いったい、どこに……？」

あれほどの図体が隠れられる場所が、この家の中にあるとは思えない。念のため、バスルームからトイレから、キッチンの隅々まで確認したけれど、やはりグエンダルはいなかった。

「魔界に、帰ったとか……？」

それは充分に考えられる可能性だ。それを思うと、安堵と焦燥、相反する感情が啓介の中に渦巻いた。

（なんで……こんな）

啓介は大きく身震いする。急ぎ足で再びベランダに向かうと身を乗り出して、茜と群青に染まった夕方の空を見つめた。

（こんなの……見たって、わからないのに）

そう思いながらも、夕空の美しさにしばらく見入っていた。すると背後から「きゅう」というか細い声がしたのだ。

「えっ？」

啓介が振り返ると、部屋の隅のベッドの上に小さな黒いもふもふがいる。それは小刻みに体を動かしていて、啓介は思わずそれに駆け寄った。

「グ、グエンダル？」

聞き慣れた声での返事はなかったけれど、もふもふが返事をするように跳ねた。腕の中でぴょんぴょん動くそれは、最初に見つけたときと同様に高級なハムスターのようだ。

「グエンダル、なんだな？」

「きゅう」

それは、返事をしたようだった。金色の目が光っている。それでこれがグエンダルの、姿を変えた形であるということが確信できた。

「どうして、こんなことに……？」

しかし啓介の疑問に、答えは与えられない。もふもふの姿になったグエンダルはやはり、きゅうきゅうと悲しげに鳴くばかりだ。

「今日は……人間の力、とか、手に入れられなかったのかな？」

その方法は、以前に啓介もされたアレなのだろうか。それを思うといつも、なぜかいやな気分になるのを強く首を揺することで振り払おうとした。

その間にも、もふもふはしきりに鳴いている。それを聞いていると、啓介までせつなくなってしまった。グエンダルの金色の目は、どこか潤んでいるように見える。

「戻して……やりたいけど」

大きく息をついて啓介は言った。グエンダルは、期待するような目つきで啓介を見ている。

「……キスしたら、戻る……とか？」

首を傾げてそう呟くと、グエンダルは喜んだように見えた。もちろんこのもふもふの表情など、読み取れるはずがないのだが。それどころか、どこが口なのかもわからない。それでも啓介はそれらしきものを探して唇を近づけようとし、そこで気づいて目を見開いた。

「こっちのほうが、面倒がなくていいや」

魔王の姿のグエンダルは背が高く、とにかく嵩《かさ》がある。ベランダで座っている姿を、顔をあげた通りがかりの人にでも見られては困る。すでに見られているかもしれないけれど。そしていつまた啓介を押し倒して、あんなことをするかもわからない。

啓介は、再びもふもふをベッドの上に置いた。もふもふは不満そうにぴょんぴょん飛んだけれど、せいぜいかわいらしいくらいで、もちろん啓介にはなんの被害もない。

「まぁ……ミルクくらい、飲むか？」

もふもふを放置して、啓介はキッチンに入る。浅い皿を出して、冷蔵庫の牛乳を入れて電子レンジにかけ、温いくらいの温度にして取り出す。

「ほら、こっち」

それをリビングのテーブルの上に置いた。もふもふを持ちあげて皿の近くに置くと、ふんふんと鼻息らしき音を立てながらそれに近づいてくる。

「腹、膨れるのかな……これでいいのかなぁ……？」

そう大きくはないテーブルだ。啓介は無意識のうちに、今日買ってきたシュークリームの袋を置いていた。もふもふは赤い舌でぺろぺろミルクを舐めていたけれど、また鼻を鳴らすような音を立てて、ビニール袋に飛びついた。

「うわっ！」

その勢いで皿が跳ねて、ミルクがこぼれてしまう。しかしもふもふはそのようなことを気にしたふうもなく、にょきりと現れた歯と爪でばりばりとビニールを破ると中身を咥えて、引っ張り出す。そのまま今まで見えていなかった口を大きく広げて、シュークリームを食べ始めた。

（わぁ……口、大きい）

もふもふの姿では、やはり毛に埋もれてしまうのだろうか。口は意外と大きくて、噛みつかれでもしたら怪我《けが》をしてしまいそうだ。

「シュークリームだけで……足りるのかな？」

がつがつと菓子を齧っているもふもふは、金色の目でちらりと啓介を見たような気がしたが、それはほんの一瞬のことだったらしい。

「ほかに、なんか……って言っても、食べるのは……人間の力？　なのかな？」

もふもふが齧っているものは、なかなか減らない。いつもの大きさのシュークリームだけれど、ここまで小さくなってしまったもふもふには、大きすぎるもののようだ。

（まあでも、そのほうがたくさん食べられていいような気がする）

艶々した黒い毛が、クリームまみれになっていく。食べ終わったら、洗ってやろう。そのようなことを考えながら、啓介はもふもふの姿を眺めていた。

シュークリームを食べ終わったもふもふは、なおも求めるようにぴょんぴょん飛び跳ねていたが、買ってきたものはひとつしかない。

「もうないんだよ、ごめんな」

魔王の姿のグエンダルにはこのような話しかたはしないけれど、相手がハムスターもどきだとついつい子供を相手にするような口調になってしまう。

「明日、また買ってきてやるから」

宥めるようにそう言っても、もふもふは納得しないようだ。先ほどまでの「きゅうきゅう」ではなく、心なしか尖った調子できーきー鳴きながら、しきりにぽんぽん跳ねまわる。

きっと怒っているのだろう。今からコンビニに行くという選択肢もないわけではないけれど、居候のもふもふのためにそこまでしてやる義理はない。

「うわっ」

煮詰まったように、もふもふは大きく跳ねた。うまいぐあいに啓介の膝に飛び乗って、金色の視線が睨みつけるように注がれてくる。

「なに……？」

啓介も、視線を尖らせて睨み返す。

「キスしろって？　やだよ、もとの姿に戻ったら、よけいなことするだろう？」

「きゅう……」

その口調が、まさに肯定である。啓介はますます強く睨んで、そして膝の上からすくいあげると、ベッドの上に放り投げた。

「きゅううっ！」

もふもふが悲鳴をあげる。少しばかりしてやったりという気持ちで啓介はもふもふを見た。

「きゅう、きゅう！」

「ああ、わかったわかった」

いい加減に撫でると、そんな啓介の心が伝わったのか、もふもふはますます不満げな声をあげる。

「クリームだらけだな、洗ってやる」

もふもふを片手で摑んで、風呂場に向かった。洗面器に湯を張って、ぽとんと浸《つ》けた。もふもふの黒い毛皮はたちまち水を吸って、半分以下の大きさになってしまう。

「きゅうーっ、きゅうーっ」

「ああ、溺《おぼ》れさせるつもりはないから」

ぷくぷくと口からあぶくを吹くもふもふをすくいあげる。ボディソープのポンプをプッシュすると中身を泡だて、黒い艶のある毛皮を洗った。

「気持ちいい？」

そう問いかけると、もふもふは返事をしたような感じもしたけれど、頷いたりするわけではないのではっきりとはわからない。できるだけ衝撃を与えないように丁寧に洗ったつもりだったが、ときどき「きゅうきゅう」と声がしたので、もしかしたら苦しかったのかもしれない。

「はい、できあがり」

家にあるものの中でも一番柔らかいタオルを使って、丁寧に水分を取った。洗いかたには多少文句があったらしいもふもふも、タオルの使い心地には満足したらしい。何度かぴくぴくと跳ねたけれど、しばらくすると動かなくなった。

「え……？」

すっかり水分が飛んだころには、もふもふはもう動かなくなった。まさか死んだのか、と慌てて耳を近づけると、微かに寝息のようなものが聞こえたので、死んではいないのだろう。

（まぁ……別に、どうでもいいっちゃ、いいけどさ）

面倒がなくなったとドライに受け止めることもできるだろうけれど、しかし啓介はそこまで非情にはなれなかった。だからグエンダルにつけ込まれるのかもしれないが。

(だったらそもそも、お人好しとか言われてないし)

そう思うとなんだか苛立ってきて、啓介は乾いたもふもふを摑むと、ぽいとベッドの上に放り投げた。

「ぷぎゅ」

もふもふは奇妙な声をあげたけれど、目覚めはしなかったらしい。そのままじっとしているのを見届けて、啓介も風呂に入る。そしてベッドに戻ってくるともふもふは平和に眠っているようだったので、安心の息をつく。そしてそのままベッドに潜り込み、啓介も眠りに就いた。


目が覚めると、もふもふはベッドの隅でじっとしている。

「えと……グエンダル?」

そっと声をかけてみるけれど、もふもふは反応しない。しばらくじっと見ていると、洗ったことでますます艶を増した黒い毛が微かに上下しているのがわかった。

(寝てる……んだろうな……)

起こす理由もないので、啓介はそのまま起きあがった。学校へ行く支度をして、出しなにちらりと視線をやると、もふもふはまだ眠っているようだった。

（起きて、腹減ってたらかわいそうだな）

テーブルの上にミルクの入った皿を置いて、啓介は家を出た。学校にいる間も、もふもふのことが気にならなかったといえば嘘になる。帰宅する足が少し早かったのも、気のせいではなかったと思う。

「ただいま……」

片手にコンビニのビニールを提げた啓介は、小さな声でそう言った。寝室を覗くと、ベッドの上にもふもふはいた。啓介は安堵の息をついたけれど、テーブルの上のミルクの皿の中身は減っていない。そしてもふもふは啓介の立てる物音にも反応せず、金色の目は閉じているようだ。

「おい、グエンダル」

ベッドに歩み寄りながら、啓介は声をかけた。しかしもふもふは、やはり動かない。

「寝てるのか？」

そう言って、手を出した。黒い毛に触れたけれど、それでも反応はなかった。

「どうした……？」

ビニール袋の中のシュークリームを取り出し、もふもふの鼻先に置いてみた。変化がないので、包みを破る。カスタードクリームの甘い匂いがふわりと広がったけれど、もふもふはぴくりともしない。

「おい……」

まるでただの毛の玉になってしまったかのような様子に、背筋がぞくりとした。伸ばした指が震えている。小さく名を呼びながら毛並みを撫でて、それでも動かないもふもふを手のひらに乗せた。

「寝てる……だけだよな？　なぁ、グエンダル……」

せめてあの、印象的な金色の目が見えれば安心できるのだけれど。しかし手の上にあるのは、ただきれいな黒の毛並みだけだ。啓介はそっと顔を近づけた。

「わ、っ！」

近づけすぎて唇が触れてしまった。啓介は慌てて手を遠のけて、しかしもう遅かったのだろうか――手のひらの上でぼんと音がして、白い煙がもくもくとあがった。

「わ、わわっ⁉」

慌てた啓介は尻餅をついた。拍子に手に乗せていたもふもふを落としてしまい、ますます焦燥する。目の前にあがった煙はすぐに晴れて、そこには黒い衣装の男が立っていた。

「貴様……」

低く呻く声は、間違いなくグエンダルのものだ。長い黒髪、金色の目、非常識なほどに整った相貌。床に座り込んだまま、啓介は唖然と彼を見あげた。

「私を、もてあそびおって……！」

「グ、グエンダル……」

明らかな怒りの表情の彼に、啓介は声を震わせた。とはいえ、啓介がなにか悪いことをしたわけではないのだ。しかしグエンダルは煮えたぎらんばかりの怒りを抑え込むこともせずに、啓介を睨みつけている。

（ひぇ……は、くりょく！）

そうでなくても、あり得ないレベルの美形だ。美しすぎる顔に浮かぶ怒りとはこれほどに恐ろしいのだ、と啓介はしなくていい経験をしているこの現実を、どこか遠くに実感していた。

「私を翻弄するとは……いい度胸だ。それなりの覚悟があってのことだろうな？」

「いや、俺は……なに、も」

グエンダルは手を伸ばして、乱暴に啓介の首もとを摑む。シャツの襟を引っ張られて、反射的に嘔吐いてしまった。

「やかましい。おまえのせいで、私は恥をさらすことになったのだ」

「恥……？」

なにが恥なのだろう、と啓介は考えた。するとグエンダルはますます険しい表情をして、睨みつけてくる。

（恥って、なにが恥ずかしいんだろう？）

声を出せなくて、啓介は微かな呻き声をあげた。

（別に、恥ずかしいことなんかなかったと思うけど……）

グエンダルはそのまま啓介を引き寄せて、放り投げるようにベッドに押しつける。安物のベッドのスプリングが、大きな音を立てて軋《きし》んだ。

「おまえの意思を尊重して、なにもせずにおいてやったが」

「なにも、せず!?」

肌に突き刺さってくるような鋭い視線を投げかけてくるグエンダルに向かって、啓介は思わず叫んだ。

「あ、んなことしといて、なにもせず、とか！」

「ああ……？」

血色の悪い唇の端を歪ませて、グエンダルは唸《うな》った。

「なんのことを言っている」

「なんの、って！」

啓介はわめいた。そんな姿を前に、怒りを燃やしていたはずのグエンダルは、ふとその気配をひそめる。そして、にやりと笑った。

「ああ、おまえから力を得たことか？」

「……っ！」

かっと、頬が熱くなる。グエンダルは笑みを濃くして、そして顔を近づけてきた。

「おまえの力は、なかなかに味わい深かったな……」

「そんな、言いかたするな！」

啓介はさらに声をあげたけれど、グエンダルはにやにや笑っているだけだ。彼は艶めかしい仕草で舌なめずりをして、そして大きな手で、啓介の顎をぐいと摑んだ。

「う、っ！」

一瞬、顎の骨が外れるかと思ったくらいの力だ。啓介の意思とは関係なく、相手を自分より強い者だと判断した体が弛緩《しかん》した。

「や、っ……！」

「そうだ、痛い思いをしたくなければ、おとなしくしておけ」

そう言ってグエンダルは、また啓介のシャツの襟もとに手をかける。今度は両手をかけられて、ぐいと力を入れられた。

「う、わっ！」

ばちばちっ、と音がしてボタンが弾《はじ》ける。いくら年季の入ったシャツとはいえ、しっかりと糸で留められていたボタンだ。それを引きちぎることができるとは、どれほどの腕力なのか。改めて啓介の体には、本能的な恐怖が湧いた。

「ふん……貧弱だな」

「ほ、ほっとけ！」

精いっぱい声を絞り出したけれど、それは掠れたものにしかならなかった。獲物を追い詰めた猛獣のような顔つきで、グエンダルは啓介を見つめている。金色の目はますます輝き、鋭い光を放って啓介を貫いた。

「しかしこれはこれで、味わいがある」

奇妙に色めいた声でそう言うと、彼は啓介の剝き出しになった胸もとに顔を伏せる。ざらりとした感覚がすべって、思わず大きく目を見開いた。

「ひ、っ！」

「味は、さすがに……悪くないな」

楽しそうな口調で、グエンダルが呟く。

「今日は、隅々まで味わってやる……おまえのすべてを、私に寄越せ」

「や、っ！」

彼の舌は、啓介の胸筋を辿《たど》るように動く。舌先で小刻みにつつかれたり、ぺろりと舐めあげられたりする。そのたびに啓介は自分のものとは思えない声をあげる羽目になり、その羞恥《しゅうち》に肌が熱くなった。

「あ、あ……っ……！」

「その声も、いいな」

グエンダルの熱っぽい舌は、執拗に胸を這う。それはちろりと乳首に触れて、その瞬間
啓介は大きく目を見開いた。

「な……あ、あ……っ……？」

「ここが、感じるのか」

啓介自身にはわからない反応の理由が、グエンダルはわかるらしい。彼はくすくす笑いながら、執拗に乳首をくすぐった。それでも最初は、不可解ながらも淡い感覚だったのだ。

それがだんだん育っていく。

「ふふ……乳首が、大きくなっているぞ」

「や、ぁ……そ、んな……っ……」

告げられた事実以上に、グエンダルのあからさまな言葉がますます啓介を追い詰めた。

彼を押しのけて逃げたいところだけれど、しかし力の差は圧倒的だった。

「こちらも……感じているな？」

「ひ、あっ！」

彼の指が胸を撫でさすり、もうひとつの乳首に触れる。きゅっとつままれて、体の芯に
電気のような衝撃が走った。

「ほら、膨らんできた」

「やめ……っ……、っ！」

啓介のできる抵抗は、声をあげることしかない。しかしグエンダルはそれが楽しいとでもいうように、ときどき視線をあげて啓介の表情を窺《うかが》っている。

「そうだ……その調子だ。もっと、乱れろ」

「な、に……を……」

まるで恋人のようなことを言う。それを妙に気恥ずかしく感じながら恐る恐る彼を見やると、その薄い唇がきゅっと歪んだ。

「そのようにして感じたほうが、体液が甘くなる」

「は……？」

初めはグエンダルの言ったことの意味がわからなかった。しかし彼の笑みからすぐに推測できた。それに気づいた啓介は、また頬が熱くなるのを感じる。

「た、い……えき、とか……」

「そうだ」

最初、彼に翻弄されたときのことを思い出した。確かにグエンダルは、己が力を得るために啓介の体をもてあそぶのだ。彼が求めるものは、彼自身がもとの世界に帰る力を得るためのもの――啓介は言わば、生贄《いけにえ》ということになろう。

（生贄って、時代錯誤な！）

脳裏に浮かんだ言葉を、啓介は嗤《わら》った。しかし今の自分が置かれている状況はまさにそれであり、じたばたしても身動きひとつできないというのは、間違いなく生贄のような危機的状態にあると言えよう。

「ひ、あ！」

グエンダルが、啓介の胸筋の間をぺろりと舐める。彼が満足げに微笑んだのは、そこに伝った汗を味わったからだろう、と啓介は思った。

「そう……この調子だ。もっと感じろ……私を満足させろ……」

「い、あ……あ、ああっ！」

そう言って彼は、乳首をつまむ指に力を込めた。きゅっとひねられて、思わず腰が跳ねた。それを自分の体重をかけることで押さえ込みながら、グエンダルは低く笑う。

「ここだけで、これほどに感じるとは……なかなかに、才能がある」

「な、なん……の、才能……っ！」

彼の皮肉を込めた言葉に反論しようとしながら、しかしせいぜい掠れた声をあげることしかできない。そんな啓介を見やって、グエンダルはにやりと笑う。そのまま乳首をまた舐めて声をあげさせると、唇を開いてそれを咥えた。

「うあ、あ、ああっ！」

きゅっと強く吸われて、すると肌がざっと粟立つ。自分の乳首の存在など意識したことがない。そのような箇所を執拗にいじられ、それ以上に舐めて吸われるなど、想像したこともなかった。

「っあ……あ、あ……あっ！」

「いい声だな」

今まで思いもしなかった刺激に、これほど感じてしまうなんて。乳首の中には、より敏感な神経が通っているとでもいうのか。それこそ啓介の想像したこともない、体の秘密だ。

「ここをいじられたことはないのだろう？　それなのに、これほどによさそうな顔をするのだな」

「ど、どうしてわかる……！」

なにもかもお見通しだといわんばかりのグエンダルの声に、啓介はひくりと咽喉を鳴らした。

「これほど、初心い色をしているからな」

そう言ってグエンダルは、指で触れているほうの乳首をつつく。ひく、とまた体が大袈裟なほどに跳ねた。

「反応も、まるでなにも知らないかのようだな……」

「な……に、っあ、ああっ！」

吸われてつままれて、また力を込められて。繰り返されるうちに、意識がぼんやりとしてくる。自分の唇から洩れる声が奇妙に甘くて、それをおぞましいと思うけれど止めることはできなかった。

「声も艶やかだ。これを今まで味わわなかったとは……私としたことが、とんだ愚か者だったな」

グエンダルがなにか言っているけれど、啓介の耳にはうまく届かない。おまけに理由のわからない涙が溢れてきて、視界が曇ってしまった。

「おや……泣いているのか？」

「な、いて……ない」

精いっぱい平静にそう言ったつもりだったけれど、啓介の口から洩れるのは甘えた子供のような声ばかりだ。羞恥に顔を背ける。グエンダルは舌の特にざらついたところでゆっくりと乳首を舐めて感じさせ、そのまま目もとにキスをしてきた。

「ん、あ！」

「ふむ……こちらも、悪くない」

いたずらめいた笑みでそう言う。そんな彼の表情に啓介は視線を奪われた。冗談にすらならない美形であるのはわかっているし、そんな彼の生贄になっているという救いようのない状況でも、ついつい見とれてしまうのは仕方がない。それでも改めて見やったグエンダルは、今までとは違う印象の顔つきをしていると思った。

（な、んでだろう……？）

「しかしやはり、こちらだな」

その艶めかしい顔のままささやいて、彼は手を伸ばす。啓介が、あ、と思ったときには彼はもう、ジーンズのボタンに指をかけジッパーを下ろしていた。下着の中に冷たい手を差し入れられて、その低すぎる体温に啓介は思わず悲鳴をあげる。

「……これほどに、硬くして」

「あ、あ……っ？」

そのような自覚のなかった啓介の口からは、間の抜けた声が出た。グエンダルは少しだけ驚いたように目を見開き、啓介はますます恥ずかしくなって彼から視線を逸らせる。

「どうした、触れただけでそれほど心地いいか？」

「い、あ……そ、れは……」

彼の言うとおりなのかもしれない。啓介は自覚している以上に、感じさせられているのだろうと思う。グエンダルの手に舌に戸惑わされて混乱するばかりだったけれど、それだけではない、確実に性的にも翻弄されているとしか思えない。

「もっと、いい思いをさせてやる」

そう言ってグエンダルは、目を細めた。まるで啓介の反応を楽しむようなその表情に、ますます頬が熱くなる。

「ほら……腰を浮かせろ」

グエンダルの大きな手が、啓介の腰をすくいあげた。ベッドとの間に隙間を作って、そのままジーンズを引き下ろす。同時に指を引っかけて下着まで下ろされて、いきなり下半身を剝き出しにされたことに啓介は、ひくりと咽喉を鳴らした。

「や、ああっ！」

「いやだと言いながら、しっかり勃っているではないか」

ますます啓介を恥じらわせることを言いながら、彼は手を伸ばす。その指は啓介自身にするりと絡み、きゅっとなめらかに擦りあげた。

「んあ……あ、ああっ」

「もう、すぐに出そうだな？　いやいやと言いながら、平気でこのような姿を見せるのだな……？」

「へ、いき……なん、かじゃ……」

声を震わせると、グエンダルがにやりと笑った。同時に彼の手は、わななく啓介の欲望をぎゅっと摑むと、力を入れて上下し始めた。

「あ、ああっ……あ、ああっ！」

ぐちゅ、ぐちゅ、と淫らな音が耳に流れ込んでくる。啓介の欲望は、言われるまでもなく痛いほどに反っており、グエンダルの指がますます欲を追い立てて、淫らに動くのに耐えられない。

「も、やめ……そ、ゆの……だ、め……」

「これほどに悦んでいるのに？」

グエンダルはなおも啓介自身を擦りあげる。じゅく、じゅく、と水気を含んだ音がますます大きくなり、啓介の体の中心には痺れるものが何回も連続して貫いて、もう意識さえもがぼんやりと霞《かすみ》がかっている。

「い、く……！」

掠れた声で啓介が声を洩らすと、グエンダルが息をついた。

「達く、い……く、いくっ！」

「ああ」

彼は、悦ぶような声でそう言う。

「達け……おまえの気を、すべて放つがいい」

「っあ……あ、ああっ！」

びくん、と大きく体が跳ねた。同時にグエンダルの指にもてあそばれている自身も震えて、そして淫液が放出された。

「……あ、あ……っ……、う……」

咽喉が大きく鳴った。すべてを放った下半身をわななかせながら、啓介は深い息を吐く。

「いいな……」

掠れた声で、グエンダルは言った。

「おまえのそのような姿は、見ているだけで力が漲《みなぎ》るように感じるな……」

「そ、んな……こ、と……」

彼は淫靡に微笑んだまま、啓介自身に絡めていた指をほどく。そして絡みついた白濁液を赤い舌で舐めた。

「う、っ……」

赤と白が混ざるその光景から、啓介は思わず視線を外す。しかし同時に気にもなって、横目だけでそっとグエンダルの様子を見た。彼はそんな啓介に見せつけるように、ゆっくりと指をしゃぶっている。

「……そ、れも……」

「どうした」

グエンダルは、目を細める。淫欲に輝いている金色の瞳がますます淫らに見えて、思わず胸がどきりと鳴った。

「それも、グエンダルの……力になるの?」

小さな声で啓介がそう言うと、彼は少し目を見開いた。

「俺の、これが……いるって言ってただろう？」

「そうだな」

彼の唇は、三日月のように歪む。それはまた、今まで見たことのないグエンダルの艶めかしい笑みで、啓介の心臓は何度目になるかわからないままに大きく跳ねあがった。

「しかし……人間から力を得るのは、なにも決まりきった方法ばかりではない」

「あ、んっ！」

グエンダルは、啓介の腿《もも》の裏に手をすべらせる。彼の手にぬめりが絡んだ。それはそのまま、啓介の臀《しり》の間に入ってくる。

「や……や、だ……っ」

「おとなしくしていろ。さもなくば、おまえが痛い目を見るぞ？」

啓介はひくりと咽喉を鳴らし、グエンダルはその顔をじっと見下ろしてきた。その輝く瞳に見つめられながら啓介は、下半身に及んだ今まで思いもしなかった感覚にはっとした。

「な、なに……？」

「ここを、緩めるのだ」

なんでもないことのように、グエンダルは言った。

「ここ……？」

「そうしなければ、おまえを犯してやることができないではないか」

なおもグエンダルは平静な声でそう言った。だから最初は、その意図を理解することができなかった。

「なに、を……する、の？」

恐る恐る尋ねた啓介に、グエンダルは微笑んだだけだった。その笑みからは、あまりにも深い意味が感じられる。反射的に啓介は逃げようと身をひねったけれど、グエンダルの大きな手はしっかりとこちらの自由を奪っている。

「ああ……あ、ああっ！」

濡れた指が双丘の奥、乳首以上に意識したことのない場所に触れた。そのようなところ、排泄《はいせつ》のときにしか存在を思い出さない。しかしグエンダルは、明らかにそこを探っている。引き締められた蕾《つぼみ》は指先に触れられて、ひくりと大きく反応した。

「う、あ……！」

「頑《かたく》なだな……しかしほどけるのも、時間の問題だ」

「あ……あ、っ……」

グエンダルは秘所に、そっと指を突き込んだ。爪の部分が埋まるほどではない浅い挿入だったが、それだけで啓介の体は敏感に反応する。

「やだ……そ、こ……っ！」

「懸念するな……すぐに、もっと深くと求めるようになる」

とてもそうは思えない。しかしグエンダルは恐怖する啓介に、信用できない笑みを向けた。

「ほら……一本。挿《はい》ったぞ」

「は、い……っ……た？」

啓介は思わず、腰を揺らした。突き込まれた指は啓介の胎《はら》の中で暴れ、そのままある箇所を突く。啓介は思わず大きな声をあげた。

「ふあ、あ……あ、あぁっ！」

「いい声だな……」

グエンダルは満足そうにささやいた。そしてそのまま、指の触れたその箇所を執拗にいじり始める。

「ふあ、あ……あ、あぁっ……あ！」

そこに触れられる感覚は、今まで感じたことのないものだった。胎の浅い部分には、啓介自身にも知らないスイッチのようなものがあるらしい。啓介よりも啓介の体に詳しいかのように振る舞うグエンダルは、何度もそのスイッチを押した。そのたびに啓介は、体中を走り抜ける痛いほどの快楽に耐えるしかなかった。

「人間の男の……ここは、子壺《こつぼ》のなりそこないらしいぞ」

「え、っ……？」

唇を歪めて、グエンダルが言う。彼の指は、なおもその柔らかい箇所を擦り、つつき、押しつぶす。そのたびに違う愉悦がせりあがり、啓介はそれをやり過ごすので精いっぱいだった。

「ここ……なんといったか。進化の過程で男になった体に残った、子壺だということは……今のおまえがこうあるように、女のように感じても無理はないな？」

「ひ、ぃ……！」

グエンダルは妙な知識をひけらかしながら、なおもそこを攻める。そこは小さな場所であるはずなのに、触れられるだけで耐えがたいまでの強烈な刺激がせりあがってきた。

「あ、あ……あ、ああ、っ……！」

さらにはぎゅっと押して、ぐりぐりと容赦なく潰《つぶ》してくる。今まで知らなかった場所から溢れ出てくる未知の快楽に、啓介は言葉を紡ぐこともできなかった。とっさに触れたなにかにしがみつき、力を込めるとグエンダルが笑う。

「どうした、先ほどまでの勢いは」

「あ、あ……？」

気づけば啓介は、グエンダルの背にしがみついていた。まるで彼に甘えているかのようだ。自分の格好の恥ずかしさに啓介はとっさに腕をほどいたけれど、グエンダルはそんな啓介の上に体重をかけ、改めて逃げられないようにしてしまう。

「ここ……いいのだろう？　もっと甘い声を聞かせろ」

「んや、あ……あ、ああっ……！」

その間にもグエンダルは後孔をいじる動きを止めない。彼に教えられた、特に感じるところから複数の指が奥に進む。それでも一本だけはやはり、こりっとしたそこから離れず、何度も縁を描くようにいじってくる。

「ふ、あ……あ、ああっ……」

啓介は声をあげた。そうするしかない。体のどこもかしこも感じさせられて、すでにまともな思考は働かなくなっている。ただ早く、この地獄のような快楽から逃げ出したい。これ以上触れられたら啓介の体は冷凍庫から出したアイスバーのように、跡形もなく溶けて、なくなってしまうに違いない。

「い、あ……そ、こ……い、やだ……っ」

「おまえの『いや』は、いいの間違いのようだな」

低い笑い声とともに、グエンダルはなおも啓介の後孔の指を進め、中をくちゅくちゅとかきまわす。

「うあ、ああっ……ん、っあ、やめ……や、め……」

「ふふ」

グエンダルの指は、それ以上深くは挿ってこなかった。その長い指でも、限界があったたらしい。じゅるりと粘ついた音を立てて、挿っていた三本が抜け出た。啓介は大きく息をつく。

（こ、れで……いいのかな）

顔をあげて、啓介はちらりとグエンダルを見やる。するとその金色の目が妖《あや》しく濡れているのがわかった。その瞳の色を見ただけで、新たにどきりと胸が弾んだ。

「啓介。脚を広げろ」

「え、え……？」

明らかに興奮した声で、グエンダルが唸った。促されるままにそうしようとした啓介だが、しかし腰が震えて自分の体をまともに動かせない。

「う……あ……っ」

「どうした、動けないのか」

そんな啓介を一瞥《いちべつ》して、グエンダルが言う。彼は腕を伸ばして啓介の腰を抱え、ベッドのスプリングがぎしぎしと音を立てる中、さらに脚を開いた恥ずかしい格好にさせてしまった。

「いや、だ……こん、な……格好……」

「暴れるな。おまえには、そのような淫らな姿が似合っている」

「な、っ……」

啓介が怒りと羞恥に頬を熱くする中、グエンダルは自分の衣服の腰まわりをかきあげた。彼のまとっている服は、いったいどのような構造になっているのか。彼がひとつ息をついて黒い布をめくりあげると、濡れたものが現れた。

「ひ……！」

思わず啓介は声をあげる。異世界の生きものだろうが魔王だろうが、そのものの形状は変わりはないらしい。そそり勃ったそれは、先端からたらたらと透明なしずくを垂らしている。

それがすべり落ちて根もとにまで絡み、全体は艶めかしく赤黒くて、それ自体がひとつの生きものであるかのように、どくどくとうごめく太い血管が幾本も浮きあがっていた。

「……っ、う」

その生々しい光景に、啓介は思わず息を呑んだ。そんな啓介の反応をどう取ったのか、グエンダルはにやりと唇の端を持ちあげる。

「悦んでいるようだな……？」

そうささやいて、啓介の腕の脇に手をついた。反論する間もない。スプリングが鈍い音を立てる。その中に沈み込んでいくような感覚とともに、グエンダルにキスされた。

「あ、あ……ん、んっ……」

「ふ、っ」

抑えきれずにあがった啓介の声に、グエンダルのそれが絡みついてくる。ふたりは嬌声とともに互いの体に腕をすべらせて、続けて啓介の下肢には、ひたりとなにかぬるついたものが押し当てられた。

「っあ……、あ……あ、っ？」

グエンダルは小さな声で笑った。熱く大きなものが、啓介の秘所を拡《ひろ》げようとする。反射的に啓介は逃げようとした。しかしそれが挿り込んでくるのと、腰を押さえつけられて身動きの力を奪われたのは同時だった。

「あ、あ……あ、ああっ！」

ずく、ずく、と秘所が押し拡げられる。ちらりと見ただけでもあれほど大きかったのだ、いくら充分に慣らされたとはいえ、受け入れるのは経験したことのない圧迫感だ。

「いあ、あ……だ、めだ……そ、んな……のっ……」

「しかしおまえは、これが気に入ったのだろう？」

冷やかす声でグエンダルは言う。彼はぐっと腰を進めてきた。すると指で慣らされたせいで多少は柔らかくなった媚肉《びにく》が、きゅっと微かに軋みながら彼自身を受け止めている。

「うあ、あ……あ、ああっ！」

「ほら、気持ちよさそうな声だ」

腰を揺らしながら、グエンダルは笑う。それでもその笑声に少し、焦燥のようなものが滲《にじ》んでいることに啓介は気がついた。

「っ……あ、あ……あ、ああん、っ！」

しかしそれに気を取られていられたのは、ほんの一瞬だった。彼の太い欲望は濡れた音を立てながら啓介の中を抉っていき、焦《じ》らすように止まっては、そこで何度か行きつ戻りつを繰り返した。

「い、あ……も、っ……と……」

啓介の口は、勝手に動いていた。洩れる声は掠れていて、自分でもうまく判別できない。それに先に気づいたのは、グエンダルだった。

「もっと、と言うか……？」

「あ、あ……っ？」

思わず啓介が大きく目を見開くと、潤んだ視界の中にグエンダルが映る。彼の顔は上気していて、先ほどまでのような余裕はもう見当たらない。そのぶん、鋭い野性味が増している。その様子は啓介に、こうやって彼の言いなりに押し倒されていることの危険性を改めて感じさせた。

「ち、が……あ、っ……！」

「もっと、してほしいのだろうが？」

尖った声で、グエンダルは言った。彼の瞳は恐ろしいまでの淫欲に燃えていて、そのような表情から推測できないはずはない。同じ男として、グエンダルの抱いている情欲のほどは的確に伝わってくる。

(だから、ったって……!)

おとなしく彼に抱かれる理由はない。身をよじろうとしたが、しかしグエンダルの腕の力のほうが強かった。

「うぁ……あ、ああっ!」

啓介の意図を読み取ったように、グエンダルが腰を突きあげた。大きく硬い欲望が、ずくずくと挿ってくる。それに柔らかい内壁を何度も執拗に擦られ、啓介は言葉を失って身を反らせた。

「や、あ……だめ、っ……だ、め……だ、あ……っ」

「そのようなまやかしは、聞かぬ」

欲情を滲ませた声でグエンダルが呻く。それが低く耳を犯して、啓介はびくりと大きく震えた。

「ほら……中が、ぴくぴくしている……おまえもこの程度では足りないのだろうが」

「そ、んな……あ、ああ、あっ!」

いったん大きく引き抜かれ、息をつく間もないほどに再び突きあげられる。じゅくじゅくと淫らな音が響き渡って耳についた。同時に腹の奥は、貫いてくるものでいっぱいに満たされ、それでいて奥はもっと欲しいと、きゅうきゅう収縮を繰り返しているのが感じられた。

「ひあ、あ……あ、ああっ、あ……ん、っ」

このような体験は初めてなのに、体はさらなる刺激を求めている。腹の奥から疼《うず》く感覚に啓介は戸惑い、そんな啓介の意識を置いてけぼりに、体はもっともっとと求めてやまない。

「もっと欲しいと、胎が言っているぞ？」

白い額にひと筋汗を流しながら、グエンダルがひとつ大きく突いてきた。

「わかるだろう？　ほら……ここ。突くと、中がぎゅっと締まる……」

「ひぁ、あ……あ、ああ、っん」

体の奥に響く突きあげに、啓介は自分ではコントロールできない声をあげるばかりだ。部屋に広がるのはまるで動物のような喘ぎ声で、耳を塞《ふさ》ぎたいのに体は少しもままならない。

「いい、な……啓介？」

グエンダルがささやく。ぐっと腰を進め、その欲望がこつんと深いところを刺激した。

「あ、あ……あ、ああっ！」

咽喉を反らせて、啓介は強すぎる快楽を逃がそうとした。しかしその箇所を少し突いては引き、また突いてと繰り返すグエンダルは、啓介の弱いところを知り尽くしているかのようだ。

「いい声だ」

舌なめずりをしながら、彼は小さく言った。

「そうだ、その調子だ……感じるままに、私に声を聞かせろ……」

「い……あ、あっ……あ、ああっ、あ！」

内壁は硬いものを何度も擦りつけられて、腫《は》れているかのような感覚だ。突かれると深い部分がぴりぴりするのに、それが妙に心地いい。

「だ、め……奥、お、く……突いちゃ……だ、ぁ……」

「これほどに、悦んでいるくせに？」

グエンダルは笑って、そして改めて啓介の脚を抱えあげる。

「う、あっ！」

彼自身を呑み込む角度が変わって、啓介は悲鳴をあげた。そのままグエンダルは何度も突き立ててくる。ぐちゅぐちゅという水音がして、それに途切れない啓介の嬌声が絡みついた。

「だめ……だ、め……達く……い、く……っ……」

「そうか。ならば、思いきり達くといい……」

ふっと、熱っぽい息を吐きながらグエンダルが言う。

「私も……おまえの中に、注いでやろう……」

しかしもう啓介の耳には、グエンダルの言葉は入ってこなかった。自分の腰が、小刻みに震え始めるのがわかる。同様に短い喘ぎ声を刻みながら、啓介は全身に強く力を込めた。

「ふああ……あ、あっ……あ、あああんっ！」

「……っあ……っ」

どくん、と大きな衝撃が走った。啓介は痛いほどに瞠目する。指先までを強く快感が貫いて、立て続けにおぞましいまでの甘い声が響いた。

「ふ、あ……あ、ああっ……！」

同時にグエンダルは、最奥よりもまだ深いところを探ろうといわんばかりに腰を突きあげてきて、啓介は腹の奥で激しく熱が弾けるのを感じた。

「あっ……あ、ああ……っ……あ、あ！」

啓介の目の前が、白く塗りつぶされていく。そこにちかちかと、いくつもの星が飛ぶ。眩しくまたたくそれをぼんやりと見つめながら、啓介の全身はひくひくと震えていた。とても自分で抑えることはできない。

「……あ、あ……っ……」

「どうした。それほどに、よかったか？」

「あ、あ……？」

そうやって淫猥《いんわい》な言葉をかけられることにすら、反応できない。啓介はいつの間にかつぶっていた目をそっと開けた。すると美しくも愉悦に歪んだグエンダルの顔が映る。汗が浮かんでいるのが艶めかしくて、それがひと筋垂れ流れるのを、啓介はどこかぼんやりと見つめていた。

「このようなことは、初めてか？」

「あ、たりまえ……！」

啓介は思わず悲鳴をあげてしまい、グエンダルが薄く微笑む。圧倒的な美貌の中、淫靡な色、疲労の色、そして啓介の反応を悦ぶ喜色があって、また思わず大きく胸が鳴る。

「そうか。不慣れなおまえは、これはこれでかわいいものだな」

そう言って、グエンダルは啓介の髪を撫でた。こんなふうに頭に触れられるなんて、何年ぶりだろう。彼の手の優しさが子供時代を思い出させ、一瞬啓介は、自分が小さかったころに戻ったような気がした。

「人間の魂は……」

「……え」

啓介の頭を撫でながら、グエンダルが呟く。

「こうすることでも、私に力を与えるのだな」

「そ、そうなんだ!?」

驚いて起きあがろうとするが、しかし下半身に力が入らず、啓介はあえなくまたベッドに吸い込まれることになる。

「動くな……抜けてしまうぞ」

「ひ、あ！」

まだ硬いまま、啓介の体内を貫いている彼の欲望がずるりと内壁を擦った。啓介は、反射的に高い声をあげてしまう。

「まだ、もっと……欲しいと言っているくせに？」

「そ、んなこと……な、い！」

啓介の声は、深い場所をずんと大きくひと突きされたことで奇妙に裏返ってしまう。

「ほら……そのような、もの欲しそうな声をあげて」

「ち、がう……ちが……っ……！」

啓介は必死に首を振ったけれど、グエンダルは淫靡な微笑みとともに改めて啓介の腰に指を絡め、そしてぐちゃぐちゃと中をかきまわしてきた。

3

あたりは薄暗かった。

冷たい空気が啓介の体を包んでいる。肌を刺すようなその温度にぶるりと震え、啓介は何度かまばたきをした。

「……なに？」

気づくと思わず声に出して呟《つぶや》いていた。薄暗いが、わずかに射す光のおかげで、なにも見えないということはなかった。しかし啓介の目に映るものは、なにもかも啓介の知るところではないのだ。

「どこ……ここ？」

小さな声を洩《も》らして、それが思いのほか大きく響くことに驚いた。思わず口を両手で押さえ、目だけであたりを見まわしてみる。

(森の中、みたいだ)

濃い緑の葉が密集している。そんなふうに色の濃い葉で覆われている背の高い木がたくさんあるせいで、日光が充分に入らないのだ。ところどころから射し込む淡い光が彩る空間は幻想的で、まるで一幅の絵画のようだ。

（きれい……だけど、ちょっと怖いな）

啓介は身を震わせた。そして改めて、自分がなんの上に座っているのかを確かめようとした。

（なんか……柔らかいけど？）

そっと手を伸ばして確かめてみると、柔らかいように感じられたのは、絡まって生えている蔦《つた》だった。隙間《すきま》なくびっしりと、蔦が埋め尽くしている中に手を入れてかきわけてみると、固いものに当たった。

「なんだ？」

恐る恐る触れてみると、木の幹だ。表面の皮がささくれてぼろぼろになっているようだけれど、啓介の体重を支えるには問題ないと思われる。

（倒れた木の上に蔦が絡まってクッションみたいになってて……その上で、俺は寝てたってわけか）

言葉にしてみるとロマンチックだと言えないこともない。しかし啓介は物語を読んでいるわけではないのだ。現実だと思いたくはないが、これは認めたくない真実だ。啓介は顔をあげて、まわりをきょろきょろと見まわした。

「あ……」

「目が覚めましたか」

少し呆《あき》れたように、啓介を見下ろしている男が言った。その姿を目にして、啓介は何度もまばたきをした。

（な……、に……っ……？）

男は、そんな啓介の反応を不思議そうに見ている。ゆっくりとまばたきをする切れ長の目は、鮮やかな緑。あまりにも澄んでいて美しく、目が離せないほどにきらきらと輝いている。

（え、と……）

啓介は信じられないものを見る思いで、男を見ていた。啓介の頭には、中学校の美術の時間に教科書で見た、大理石の彫像が浮かんでいる。

（き、れい……とかいう言葉じゃ、足りない）

男の緑の瞳《ひとみ》に捉《とら》えられたまま、動けない。啓介は何度もせわしなく息を吐いた。

（男……だよな？）

彼の髪は金色だった。それも啓介が、今までテレビや雑誌で見てきたような色ではない。本物の金を無数の細い糸にして髪の毛にしていると言っても誰《だれ》も疑わないだろうと思える、鮮やかな色だった。

「どうしました？」

「え、いえ……いえ、あ、のっ……」

男は声も美しかった。胸の奥に響く、低い音。まるで教会のパイプオルガンを思い起こさせる。そんな完璧《かんぺき》な存在を目前にして、啓介はまともに話すこともできない。

(それに……ただ単にきれいなだけじゃ、ない)

彼は淡い珊瑚《さんご》色の唇を少し歪《ゆが》ませて、笑った。その笑みの前で、彼は啓介の頭の中を読むことができるのかと焦燥したほどだ。

(なんだか……この人)

その緑に光る目にじっと見つめられて、啓介の背にはぞくりとするものが走る。たとえば、どうしようもなく恐ろしいなにかを前にしているかのような。

(この人、なんだか雰囲気、グエンダルみたいだ。人間じゃない感じがする)

そのようなことを考えながら、啓介はまた息を呑《の》む。ごくりと嚥下《えんか》した音が彼に聞こえたかもしれない。

「あ、の……俺は、いったい……ここは、どこですか？」

目の前の美丈夫は、少し首を傾《かし》げる。その拍子に、美しすぎるその髪がさらりと揺れた。

「ここは、魔界の森です」

美丈夫は、丁寧な口調でそう言った。なんとなく安心する。この男がグエンダルと同じ種類の生きものであったとしても、彼を警戒する必要はないと感じたのだ。

「あなたは、人間でしょう？」

「え、あ、はい」

彼の問いに、啓介は素直に答えた。男は、にこりと微笑《ほほえ》んだ。美形の笑顔には強烈な攻撃性がある。啓介は思わず顔を引きつらせた。

「人間が、このようなところに現れるとは……なかなかに稀《まれ》なことですね」

「そう、なんですか」

男はじっと啓介を見つめてくる。確かに磨いた宝石のように美しい目だけれど、少しばかり見慣れた今、それを見つめているとなにやら、頑丈な檻《おり》に閉じ込められた小さな動物になったような気持ちになる。

「こんなところ……来た覚えは、ないんですけど」

つい声が震える。啓介自身が意識していない、本能の部分とでもいうところが反応しているのかもしれない。

「俺は……ただ、部屋で寝てただけです」

「ふぅん？」

男は少し不思議そうな顔をした。これほどの美形だと、どのような表情をしても絵になるのだと、啓介は謎《なぞ》の感心をした。

「そうですか。しかしおひとりではなかったのではないですか？」

「……う」

なんで知っているのか、と問い詰めたくなった。しかしここがどこで、なぜこのような場所にいるのか、啓介の身の上にはいったいなにが起こっているのか、説明してくれそうな人物は目の前の彼しかいなかった。

「はい……」

「どなたが、ご一緒に？」

「え、と……」

しかしどのように説明すればいいのだろうか。啓介は困って眉根《まゆね》を寄せた。すると男が顔を近づけてきて、じっと見つめてくる。

「……う、っ……」

緑の瞳に凝視された。思わずたじろぐが、しかし男はさらにふたりの距離を詰める。吐息がかかるほどの近くに、恐ろしいまでの美貌《びぼう》がある。啓介の胸は、どくどくと鼓動を打ち始めた。

（な、んだ……これ？）

啓介は、反射的に自分の左胸に手を置いた。心臓が早鐘を打っている。痛いくらいだ。同時に体の奥から、じわりと生温かいものが湧《わ》きあがってくるのを感じた。

（なに……変な、感じ……）

「ふふ」

キスできるくらい近くに男の顔があって、啓介の体はますます反応する。いくら美貌とはいえ、目の前にいるのは男だ。啓介には男にどぎまぎする趣味はない。

(もちろん、そんな趣味は俺にはない……け、ど)

男の目を見ていると、まるで催眠術にかかったような気持ちになった。ますます心臓は跳ね、今にも口から飛び出しそうだ。啓介は思わず、ぎゅっと口を閉じた。

「あなたのようなただの人間が、このようなところに来られるわけはないのですから」

「う、っ……」

まるで啓介の動揺を見抜いているかのように、男は言った。知っているのなら、なにも知らないような顔をしてこんなふうに問い詰めないでほしい。

「それとも、ただの人間ではないのですか？」

「そ、んな……こと、は……」

彼はなにを知っているのだろうか。なぜそのようなことを訊《き》くのだろうか。彼の意図を問いたいと思うのに、啓介の口は動かない。男に見つめられるままに、啓介は呼気を荒くした。

(なに……この、感触……)

どくどくと心臓が鳴り、腰の深いところに熱いものが生まれている。思わず腰をもぞつかせると、男がまたゆるりと笑った。

（なん、か……これ、って……）

下半身には、なにか激しく燃えるものが感じられる。それは啓介の知らないものではなかった。グエンダルに抱かれた記憶が蘇《よみがえ》る。ぞく、と大きく体が震えて、啓介は反射的に自分の体を抱きしめた。

（ヤバい……これは、ヤバい……！）

本能的な危機を感じた啓介は、男から遠のこうと腰をすべらせる。しかし啓介の座っている倒木には充分な広さがない。逃げられるはずがなかった。

「どうしたのです？　誰と一緒に眠っていたのか……教えていただけませんか？」

「そ、れは……」

倒木の上に手を置いて、できるだけ男から逃げる。男はそんな啓介の努力を嘲笑《あざわら》うかのように、ぐいと美しすぎる顔を近づけてきた。

「あなたから、とてもいい匂《にお》いがする理由……それがあなたの秘密と関係していると思うのですよ。私は」

にやり、と男は笑った。その笑みからは今まで以上に悪辣《あくらつ》な気配が漂ってくる。もう彼の美貌に見とれている場合ではない。それどころかその整いすぎた顔には、彼の腹黒具合を示すようなこの笑みが一番似合っているのだということに気がついた。

「あなたが、飼い主のいない人間ならば……今すぐにここで、私のものにしてしまうのですけれどね」

そう言って男は、舌なめずりをした。その仕草は、やけに彼に似合った。おまけに善人ぶって穏やかな微笑みを浮かべているよりも、今の邪悪な表情のほうが彼の美貌をますます引き立てるのだ。

「あなたの匂いには、ほかの者の匂いも混ざっているから……すでに誰かのものならば、ひと言挨拶《あいさつ》をせねばなりませんので」

「も、の……って」

もの扱いをされて、啓介は腹を立てようとした。しかしやはり、この比類なき美貌で見つめられると腹立ちも治まってしまう。今の啓介を包んでいるのは、怒りではなく恐怖だった。ここから逃げなくてはならない。しかし立ちあがることすらできず、啓介は全身を震わせているだけだ。せめてこの男の前で、意識を失うようなことだけは避けなくてはならない。

(気を失ったりなんかしたら……きっと俺は、連れていかれる)

どこに連れていかれるのかなんて、わからない。しかし啓介にとってよくないことが起こるのだけは確かだったので、低く息を吸って気合いを入れる。そんな啓介を、男は怯《ひる》みそうになるくらいじっと見つめていた。

「生意気に」

男は低く笑って、手を伸ばしてきた。指先でそっと顎《あご》に触れられると、体の奥で燃えている炎がひときわ大きくなる。

「体の反応も、なかなかいい。だからこそ、あなたが欲しいのですよ……」

男はまるで口説き文句のような言葉を並べた。確かにそれは、彼が誘うものを口説くための言葉であったのだろう。しかし啓介はそのようなものを求めてはいないし、彼の口説きに乗ってしまえばどうなるか、具体的にはわからずともただ己《おの》が身の危険だけは、はっきりと感じ取れた。

「あなたを、食らいたい」

目を細め、このうえなく麗しい笑みとともに、男はとんでもないことを言った。

「あなたのすべてを……手も足も、体も……あなたの心臓や胃の腑《ふ》は、さぞ美味でしょうね……？」

「ひ……っ……」

男の言葉にぞっとして、啓介の体は大きく震えた。まるでグルメのようなことを言っているが、それは啓介の内臓を指してのことらしい。そのようなことを聞かされて、怖気《おじけ》づかないほうがどうかしている。

「おや、どうしました？」

そんな啓介の心を見抜いてか否か、少し首を傾げて男は言った。本心から不思議だというような表情は相変わらず美しくて、よけいに啓介は震えあがった。

「た、べるとか……やめてください」

震える声で啓介は言った。その間にも男の指は、顎を捉えている。軽く触れているだけなのに、そこから奇妙な感覚が伝わってくる。

(なんか……変な感じ？)

思わず腰を捩《よじ》らせて、男から逃げようとする。しかし逃げられるものならば、もうとっくに逃げている。男はますます興味深そうに、啓介の顔を覗《のぞ》き込んできた。

「う……う、っ……」

思わぬ声が洩れて、びくんと全身を震わせる。男は啓介の顎に添えた指を動かし始めた。まるでくすぐるような動きは、啓介の腰に直接伝いくる。

「あ……あ、っ……う」

今までも恐ろしいまでの美貌に、そして口説くような言葉に圧倒されてきた。しかしそんな彼の絡みかたも、今ほど啓介を動揺させなかった。触れられているところが奇妙に熱い。まるで彼の手のひらからは、理解を超えた力が放たれているかのようだ。それが啓介の肌に沁《し》み込んで、この身を翻弄《ほんろう》しようとしているようだ。

「もっと、感じてごらんなさい」

甘い声でそう言って、男は啓介の頬《ほお》にくちづけてくる。その声が直接体の深い部分に伝っていって、啓介をおかしくさせようとしているのか。

「ほら……体がびくびくし始めていますよ。もっと素敵な姿を、見せてくれますか?」

「や、あ……っ」

啓介はひくりと腰を浮かせた。目の前の彼の輝く瞳が、次第に水気を帯びてきているように見える。それもまた、啓介の体の奥の不可思議な炎を煽《あお》り立てた。

「ん、ん……や、めて……」

啓介の体の震えは、さらに大きくなる。男に向けている視線が、固定されたように動かせない。そんな啓介を愉《たの》しむように、男は手のひらで鎖骨のあたりを撫《な》でてきた。

(なんなんだ……こ、れ……!)

誤魔化《ごまか》しようもなく体の中で燃え盛る炎が、どうしようもなく勢いを増す。逃げられないそれは、確実に啓介の顔に現れているだろう。緑の瞳が、ますます愉しげにこちらを見つめてきた。

(なんか……ものすごくエロい気分になるんだけど?)

焦燥しながらも、啓介は逃げられないのだ。男の手は執拗《しつよう》に撫でながら、下へと降りていく。シャツ越しの胸に触れられ、彼の手のひらが乳首をなぞってきたときには、思わず嬌声《きょうせい》が洩れた。

「う、あ……っ！」

掠《かす》れた声とともに啓介は抵抗しようとするが、この男の前では不可能だった。彼は啓介が戸惑っているのをわかっていて、そのうえで焦《じ》らすように手指を動かしているのだ。

「ここは……最初はそれほどは感じないかもしれませんが。すぐに、よくなりますよ」

「いや、だ……や、めろ……っ……」

男は少し笑って、啓介の胸の中心に触れる。シャツ越しに手のひらを擦《こす》りつけられて、全身がぞくぞくとした。

「こちらも……泣いているのではないですか？　見せてください」

そう言って男は、啓介のジーンズのボタンを外した。悪魔的に長く尖《とが》った爪《つめ》で、器用に金属のボタンとジッパーを下ろす。下着もまとめて引っ張られ、すっかり大きく育って先端からたらたらと透明な淫液をこぼしているのが見て取れた。

「……こんなに、美味《おい》しそうにして……達《い》きなさい？」

とろとろに溶けた飴《あめ》のような声で、男が言った。

「我に、あなたの……達くところを見せてください」

「あ、あ……や、だ……っ、あ……あ、ああっ！」

どくり、と大きな刺激があった。啓介は目を見開く。しかし映るのは目の前にいるはずのあの、恐怖さえ感じる美貌の男ではなかった。

「っあ、あ……あ、ああっ……」

啓介は大きく顎を反らせ、同時に下半身からどくどくと熱が放出されるのを、ぼんやりと感じていた。

「ふあ……あ、あ……っ……」

自分の声が、遠く掠れていく。体に触れているはずの男の手の感覚が徐々に消えていった。その代わり自分は今、柔らかい雲の中に包まれているように感じるのだ。

（なに……ここ、は……？）

啓介がその雲の正体を知る前に、その体はふわりと着地した。雲は霞《かすみ》になって消えていき、啓介は自分が慣れたものの上に座っていることに気がついた。

「わ、ああっ？」

思わず大きな声をあげてしまい、はっと横を見ると大きな背中がある。なにも着ていない広い背中の主を、見誤るわけはなかった。いきなり今までいなかった啓介がどすんと降ってきて、それにも目覚めることなく啓介のベッドでのうのうと眠っているような男は、ひとりしかいなかった。

（俺がいなくなってたこと、気づいてたのかな？）

あのおかしな世界で目覚める前は、ベッドに押し倒された啓介はさんざんグエンダルにもてあそばれた。そんな記憶さえまだ鮮やかなのに、しかし啓介は確かに今までどこか見知らぬ場所にいた。そして不気味なほどに美しい男に迫られ、体に触れられ、そして——。

（あ、っ……）

少し腰を捩ると、どこからともなく青い精の匂いがする。微《かす》かにではあるがむっとした嫌な感覚に、啓介は眉根を寄せた。そしてベッドから下りると、急いで下半身に着ていたものを脱いだ。

「……俺は、中学生か」

思わず小さく呟いてしまう。下着は白濁で汚れていた。啓介は恥ずかしさと自分への呆れでしばらく凍りついていたが、こうしているうちにもグエンダルが起きてくるかもしれない。それを思って、急いで汚れているところを脱いだもので乱暴に拭《ぬぐ》う。早足で脱衣所に向かうと新しい下着とジャージを身につけ、汚れているものは洗濯機に放り込んだ。

「あ……起きた？」

寝室に戻ると、ベッドの上で上半身だけを起こしたグエンダルが、気怠《けだる》そうな仕草で窓の外を見ていた。目だけ動かして啓介を見て、その視線はまた先ほどと同じ方向に向けられる。

「なに、見てる……」

啓介もまた、彼の見ている方向を見た。そして驚いて目を見開く。

「うわっ！」

ベランダにいたのは、大きな黒い鳥だった。一見、鴉《からす》に見えなくもないが、しかしとにかく大きい。啓介の知っている鴉ではない。たとえ本当に鴉だったとしても、群れのボスのような存在に違いない。

「あれ、鴉？」

グエンダルがまるで視線で射殺そうとでもいうようにその鳥を見ているものだから、啓介もついつい見てしまう。

鴉の羽根は黒だけでなく、灰色や藍《あい》色、鈍い青などいろいろな色彩が混ざり合っていて、重なってあの黒い色になっている。嘴《くちばし》も、灰色や濃い茶色が混ざって黒に見えるのだ。

「鴉……じゃ、ないのかな？」

首を傾げる啓介に、グエンダルは呆れたような視線を向けた。

「あれの正体が、わからないのか」

「正体……？」

あの鴉（ではないかもしれない）は、魔界絡みの生きものなのだろうか。だからあのように、よく見るとカラフルな姿をしているのかもしれない。

「あっ」

鴉がこちらを向き、視線が合った。鴉はぱちりとまばたきをする。すると黒かった瞳が輝く緑に変化した。

「う、わっ！」

目の色の変化と同時に、鴉の輪郭が曖昧《あいまい》になる。驚きに啓介は瞼《まぶた》を開いたままだ。視界の中、鴉の体はたちまち大きく湾曲して、成人男性の輪郭を取った。

「うわ……あ、ああっ……？」

その人影が手を伸ばす。するとそれはベランダのガラスに触れて、少し曇ったガラスはまるで飴のようにとろとろと溶けていく。

さらなる驚きにもう声も出ない啓介は、いつの間にか床に尻餅《しりもち》をついていた。ガラスを抜けて入ってきた男は、絵画のような曲線を描く長い金髪、やはり画に描いたような美々しい相貌《そうぼう》、輝く宝石のような瞳、そして薄赤い唇を持っていて、それらが正面から啓介に向けられた。

「あ……、っ……！」

それはあの不思議な世界で出会った男だ。硬直した啓介に彼は薄く笑った。

「ほぉ……なるほど。あなたは、ここにいたのですか」

「ここ、って……ここは、俺の家……だから」

できるだけ理性的に、男の言うことに反論しようとした。しかし男が啓介を見たのは、わずかな間だけだった。その緑の瞳はすっと横に逸《そ》れて、そこにいるのはグエンダルだ。

「なるほど、ではない」

グエンダルは、今まで聞いた中でもっとも不機嫌な声でそう言った。

「おまえが私を、ここに送り込んできたのだろうが」

苦虫を嚙《か》みつぶしたような声でそう言うグエンダルを、男は笑いながら見やっている。

「いえいえ、我の意図ではありませんよ」

からかうように男は言った。

「あなたの星が、そう導いたというところでしょう？」

「ふざけたことを……」

そう唸《うな》ると、男はまた笑った。声を出さずに笑う姿は、彼をますます邪悪に見せる。

「なにをしに来た、ギュスターヴ」

啞然《あぜん》としている啓介の腹の底に響くような低い声で、グエンダルは唸った。

「また私を翻弄するつもりか」

「あなたが、そうしてほしいのなら」

やはり揶揄《やゆ》するように言ったギュスターヴは、床に座り込んだまま見あげている啓介に目をやった。先ほどまで奇妙な世界で、こうやって彼に見つめられていたとはいえ、やはりその視線には慣れない。

「あなたがグエンダルを匿《かくま》っているのですね？」

「か、くまって、る……と、いうか」

それはなにか違う、と啓介は言い淀《よど》んだ。助けを求めるというわけではないけれど、今のこの空気には耐えがたいものがある。

「おまえが気まぐれに、私をここに送り込んできたのだろうが」

ギュスターヴを睨《にら》みつけるグエンダルは、さらに低い声で言う。彼の機嫌は地を這《は》っており、聞いているだけの啓介でも反射的にぞくりとしてしまった。

「まさか、人間界に堕《お》ちるとは思っていませんでした」

グエンダルのきつい視線などどこ吹く風、というようにギュスターヴは澄ました顔をしている。黒いもふもふを拾ってから、啓介はグエンダルに振りまわされてきたけれど、ギュスターヴはそれ以上の厄介な輩《やから》だ。啓介自身も望みもしないのにじっくりと味わわされたけれど、それはグエンダルも同じらしい。

「あなたが人間界に興味を持っているとは、思いませんでしたけれど？」

「興味など、ない」

「おやおや」

からかうようにギュスターヴは言って、そっぽを向いたグエンダルの視線を追いかける。

そのまま啓介に目を向けて、見た者すべてが失神しそうな笑みを浮かべた。

「こうやって、人間がともにいることを許しているのに？」

「え？」

啓介は思わず声をあげた。反射的にグエンダルを見るが、彼は目が合う前にそっぽを向いてしまった。その仕草はどこか子供っぽくて、啓介は少し首を傾げる。

（人間がともにいること……って、どういうことだろう？）

ギュスターヴの発言が気になって、啓介はふたりを交互に見た。

（ここは、俺の家なんだから。グエンダルがいるのを許すの許さないのって、それを言うのは、俺のほうなんだけど）

そんなことも思ったけれど、しかしそれは、人間ではない者たちが人間を蔑《さげす》み、嘲《あざけ》っての感覚だろう。啓介もさんざん、そういう感覚をグエンダルから味わわされている。最初ははばかにされる謂《いわ》れはないと怒ったりしたものだけれど、それが彼の生まれ持った感覚ならば仕方がない。

それにグエンダルにも、かわいいところはあるのだ。啓介がかわいいと思う一面を見せることを恥とは思っていないらしい彼は、ただ自分と感覚が違うだけ。啓介は今では、そう思っている。

（グエンダルが、俺といることを許さない、って……じゃあ本来なら、俺はどうなってるのか……）

少しだけ想像してみて、啓介はぶるりと震えた。グエンダルに無理やり体を開かされたことは記憶に新しいけれど、しかし彼が啓介を殺そうとしたことはない。

（と、思う）

ちらりとグエンダルを見ると、彼は壁のほうに顔を向けている。ギュスターヴのほうはにやにやとからかうような笑みを浮かべていた。

「人間と接触したことは、ほとんどありませんけれど……」

グエンダルの態度も啓介の心中もお構いなしというように、ギュスターヴは口を開いた。

「あなたのような健気《けなげ》さは、見ていて感動的ですね……涙が出る」

とてもそのようには見えない表情で、ギュスターヴは言う。彼は指で目もとを拭い、するとその白々しさはますます際立った。

「人間とは、皆あなたのようなのですか？　それとも、あなたが特別な人間なのでしょうか？」

うたうように呟きながら、ギュスターヴは床に座ったままの啓介のもとへと歩み寄った。そっぽを向いていたグエンダルが、はっとこちらを見る。

「あなたは、本当に面白い……我がこのように、人間に興味を持つとは」

「あ、あ……？」

ギュスターヴは手を伸ばしてきて、啓介の顎に触れた。冷たい感触に、はっとしたが、逃げる前に彼が近づいてくる。

「このように健気なあなたに、我からの贈りものです」

「う、あ！」

啓介が逃げる前に、そしてグエンダルが腰をあげる前に、ギュスターヴは顔を近づけてくる。そして唇が押しつけられた。

「……ん、んっ！」

触れてくるだけの、ただのキスだ。驚くようなことではない。しかし啓介は、重ねられた唇から伝わってくる、奇妙な熱のようなものを感じていた。

（な、に……これ？）

ふっと意識が飛びそうになり、唇が離れたことで啓介は我に返った。何度もまばたきをする。ギュスターヴは今までにない優しげな表情を浮かべていた。

「ギュスターヴ……！」

耳をつんざくような声がして、反射的に啓介はそちらを振り返った。グエンダルが恐ろしい剣幕で見ている。彼が勢いよくベッドから飛び降り、ギュスターヴのもとに駆け寄ったとき、その姿は半ば消えかけていた。

「楽しくもない人間界での生活に、彩を添えてさしあげようと思っただけですよ」

「貴様……ギュスターヴっ！」

霧のように薄くなった姿は、それでもくすくすと笑っている。その声を残して、ギュスターヴの姿はすっかり消えてなくなってしまった。

「くそっ……」

グエンダルが悔しそうな声をあげ、ひとつ床を踏み鳴らす。啓介は驚いて、そんな彼を見ていた。

(ギュスターヴは、いなくなったじゃないか)

何度もまばたきをしながら、啓介は視線をあげた。怒りに歪んだグエンダルの相貌が、こちらを見下ろす。彼の金色の目が、微かに茜《あかね》色に染まって燃えている。

「あ、れ……?」

違和感に、啓介は首を傾げた。自分は座っていて、グエンダルは立っている。だから距離があるのはわかるけれど、しかしあまりにも遠すぎやしないか。

「ん、っ」

立ちあがろうと思ったが、体のバランスが取りにくい。頭が重いように感じる。啓介が思わずよろよろすると、グエンダルの腕が伸びてきた。

「わっ!」

ひょいと抱えあげられて、子供でもあるまいし、と啓介は憤慨した。

「こういうのは、やめろって……」

苦情を申し立てながら、啓介は暴れる。腕を振りまわし、そして思わず目を見開いた。

「あれ、っ……?」

自分の腕が、短い。そしてやけにぷにぷにしている。握った手を開いてみると、明らかに自分のものより小さい。そして手のひらもふくふくとしている。小学生のころ、図工の時間に、うっかり彫刻刀で切ってしまったときの傷が、ない。

「な、に……こ、れ……？」

戸惑う啓介を抱きあげたまま、グエンダルは黙って廊下を踏む。脱衣所の前で足を止めて明かりをつけると、鏡の前に立った。

「あ……え、ええっ……!?」

黒髪の大柄な男性の腕の中にいるのは、幼な子だった。ぽかんと口を開けて、鏡を見ている。歳《とし》のころは四、五歳だろうか。

「ええ、と……？」

グエンダルを振り返ると、彼は苦々しい表情をしていた。また鏡を見ると、そこにはやはり渋い顔をしたグエンダル、そして腕に抱かれている幼児がいる。

「あの、ええと……そ、の……？」

「おまえには、隙がありすぎる」

不味《まず》いものを食べさせられたかのような口ぶりで、グエンダルは呻《うめ》いた。

あ、あ、と声を出してみると、やたらに高く、きんきんと響く。

明らかに自分の、幼いころの声だ。見まわすまでもなく腕も脚も短くて、ふにふにしている。鏡に映っていた顔を思い返すまでもなく、啓介は幼児に変えられてしまったのだ。

「どうして……こんな」

呆然《ぼうぜん》と啓介がそう言うと、目の前に座っているグエンダルが低い声で唸った。

「呪《のろ》いだな」

その言葉にぎょっとして、顔をあげた。グエンダルは眉根を寄せていて、そのような難しい顔を見たのは、ギュスターヴが現れたときだけだ。

「の、ろい……？」

思わず声が震えてしまった。目の前の彼は、神妙に頷《うなず》く。

「たいしたものではない。解くのは難しくはない……ただそれをできるのは、ギュスターヴのみだというだけだ」

「ええ……」

そう言った啓介は、どのような顔をしていたのか。グエンダルは気の毒そうな表情をした。それもまた、初めて見る顔だ。

「ギュスターヴは、どこにいるんだ？」

「己がねぐらに帰ったのだろう……つまり、魔界だな」

「そこに行くとか、ここにギュスターヴを呼び戻すとか……」

グエンダルは首を振った。艶《つや》やかな黒髪が揺れるのを、啓介はまばたきとともに見た。

「そう簡単に行き来できるのなら、私はここにはいない」

「そりゃそうだ」

目の前には魔王がいるというのに、その彼は呪いひとつ解けないのか。そんなことを口にしては、グエンダルに気の毒かもしれない。だから啓介は言葉を呑み込んだが、そんな心のうちが表情に出ていたのだろうか。グエンダルはさらに表情を歪めて、それでも彼の美しさには変わりがない。

（本物の美形って、どんな顔しても美形なんだな……）

そんな感心をしながら、啓介は彼を見つめた。グエンダルにギュスターヴに、啓介の頭の中では美形の大安売りが起こっているけれど、たったふたりを見ただけでこうなのだ。仮に魔界に行くようなことになって、そこにいるであろうたくさんの美形を見たりしたら、驚きはこの程度では済まないだろうと思われる。

「俺……どうなるんだろう？」

「むぅ……」

グエンダルは腕を組んで、低く唸った。その様子を見ていると、呪いが解けることなどないのではないかという絶望感に苛《さいな》まれる。

「まさか、このままなの？」

「うむ……」

「あの、こんなままじゃ、いろいろ困るんですけど」

「そうだろうなぁ……」

なおも彼は低い声でそう言った。金色の目を細めて、啓介を見ている。そのまなざしには困惑の色と、そして微かな――啓介には読み取れない感情の色を含んでいた。

「……なに？」

首を傾げてそう問うと、グエンダルはじっとこちらを見つめてくる。反射的に啓介は逃げ腰になった。なぜ自分が、そのような行動に出たのかはわからない。

「恐れるな、啓介」

神妙な口ぶりで、グエンダルは言った。

「私が、どうにかしてやる……おまえを、守ってやる」

「う、うん」

いつものグエンダルらしくない。啓介は床の上で、もう少し彼から遠ざかった。

（なんだか身の危険を感じる）

思わずぶるりと震えてしまったのは、なぜだろうか。そんな啓介の反応に気づいているのかいないのか、グエンダルはじっとこちらを見ている。

「かわいそうに」

「……え」

ふとグエンダルが呟いた言葉に、啓介は目を見開いた。どのようなつもりでそう言ったのか、その金色の目が眇《すが》められた。

「わ、あ……？」

彼は啓介に近づくと腕を伸ばしてくる。接近した彼の全身は、啓介の視界に入り切らないくらいに大きい。にわかにぞくりと、恐怖が背筋を走った。

「ちょ、ちょっと……なに、す……」

啓介に逃げる間も与えずに抱きすくめてくる。

「う、わっ！」

「このような姿にされて、哀れな」

グエンダルは悲しそうな口調でささやいた。近くで紡がれる美声に、啓介は新たに震える。そんな啓介の反応をどう取ったのか、グエンダルは腕にさらに力を入れた。

「や、やめて……っ……！」

「私が、どうにかしてやる。だから怯《おび》えるな」

「そういうのとは、ちょっとちが……」

慌てて啓介は声をあげる。しかしグエンダルには聞こえていないのか、それとも耳を傾ける気がないのか。ぎゅっと抱きしめられて、その意外な温かさに驚きながら、しかし啓介の本能がしきりに危険信号を点滅させている。

「哀れな」

「いや、いいから……は、なして……」

聞き慣れない、甲高い子供の声がそう言った。それが自分の声だとは、未《いま》だに受け入れられない。戸惑う啓介を、グエンダルはますます強く抱きしめる。

「や、だっ！」

ひときわ大きな声でそう言って、啓介はグエンダルの腕を解こうとした。その力は強く、通常の姿の啓介では逃げられなかったかもしれない。しかし今の啓介に力はないが、体が小さいぶん、隙を狙《ねら》うことは簡単だった。

「やだ、離せ、って！」

そう叫んで暴れる。すると通常の半分くらいになってしまった啓介の体は、グエンダルの腕をひょいとすり抜けた。

「わ、あっ！」

勢いよく彼の腕からすべり出してしまい、頭の重い幼児の体はころりと床に転がった。驚いているグエンダルの目の前、啓介は急いで立ちあがると彼から逃げる。

「なぜ逃げる」

「お、まえが、おかしなことしようとするからだ！」

彼の腕の届かないところにまで逃げて、啓介は言った。グエンダルは不思議なものを見るように啓介を見ていたが、すぐに表情を変えて立ちあがった。

「なんだ、よくわかっているのではないか」

楽しそうに言って、グエンダルが目の前に立つ。再び啓介は逃げようとしたけれど、部屋はそう広くない。すぐ壁に阻まれてしまい、またグエンダルの腕につかまった。

「わ、ああっ！」

「そう奇妙な声を出すな」

今度こそ逃がさないというように、彼はしっかりと抱きとめてくる。懸命に体を揺らしたが、今度はグエンダルも隙を見せなかった。

「な、なんで抱きつくんだよ！」

「おまえが、かわいいからだ」

聞いただけではほのぼのとするような、しかし自分の今の状態を思い返すとほのぼのしている場合ではない。この光景を見る者があれば、一一〇番するのが普通の反応だろう。

「お、俺を、もとに戻してくれるんじゃないのか！」

「もちろん戻してやるとも」

耳の近くで、グエンダルがささやく。その声が奇妙に艶やかに聞こえて、啓介はぎょっとした。

「私の存在を賭《か》けてな。しかし……」

「うわ、ああっ！」

声を紡いだ唇が、啓介の頬に近づいてくる。ちゅっと音を立ててキスされて、啓介の全身には震えが走った。

「反応している」

ぎゅっと抱きしめているのだから、啓介の反応は直接伝わっているだろう。体が大きく震えたことが、彼にどう捉えられたか心配になった。

「この体でも、感じるのか？　それとも……」

「やだぁ、やだやだ！」

啓介はじたばた暴れるが、しかしグエンダルはこの小さな体をもう離さないとでもいうように器用に腕を絡めてくる。

「感じているのは、おまえの体だけではないと？」

「え、えぇ……？」

思わず啓介が語尾を歪ませると、グエンダルがさらに唇を近づけてきた。

「ん、んっ！」

彼が奪ったのは啓介の唇で、重ねられた柔らかさに目を見開いてしまう。だから抵抗するのが遅れて、さらに深く唇を重ねられた。

「っあ、ああっ！」

さすがにこれは、許してはいけない——今までだって、許していたわけではないけれど。

啓介は力いっぱい暴れた。

「こら、暴れるな」

本当の子供のように、グエンダルが叱《しか》ってくる。啓介は一瞬だけ怯んだが、しかし可能な限り目に力を入れて、彼を睨んだ。

「あば、れるっ！」

子供の顔で、どれだけ迫力が出ているのかわからないが、それでも啓介は精いっぱい抵抗した。

「子供相手に、なにしてるん、だっ！」

「なに、とは」

眉をひそめて、グエンダルは言う。

「子供なのは、おまえの体だけだろう。心はそのままだろうに」

「だからって、おまえは子供にキスする趣味があるのか！」

甲高い声で啓介が叫ぶとグエンダルは金色の目を少し見開いて、そしてにやりと微笑んだ。その顔つきが今まで見てきた彼の表情の中でも一番美しく見えて、啓介もつい目を開いて見とれてしまう。

「……そのような顔をする、子供がいるか」

「え？」

そう言ってグエンダルは、舌なめずりをする。その顔もやはり美しい。そういえば彼もギュスターヴも、特に美しいと感じるのは今のような——性欲が表に出ているときなのではないかと、啓介は思う。

「外見がいくら子供でも、中身は違う、と」

「なに、言って……」

再びくちづけられて、啓介の体はぴしりと硬直した。腕の中の存在がそんな反応を見せるとは思っていなかったのか、抱擁が少し緩む。

「あ、っ！」

叫んだのはグエンダルだ。とっさに啓介は身をひねると飛び降りて、裸足《はだし》のままでぺたぺたと駆けた。

「おいっ！」

背後から声が飛んでくるが、啓介はそれを無視した。廊下を走って玄関に向かい、懸命に手を伸ばして鍵《かぎ》を開けた。そのまま一目散に、マンションの廊下を走り抜ける。

（どこに、逃げたらいいんだ）

ぺたぺたと地面を蹴《け》りながら、啓介は走った。大学生になってからずっと住んでいる地域だ、迷うことはないけれど、しかしとんでもないことをするグエンダルから逃げて、どこに行けばいいのか。

（わからない、けど……）

すれ違う人が、驚いた顔をして啓介を見た。それはそうだ、幼児が付き添いの大人もなく、裸足でひとりで走っているのに驚かないわけはないだろう。

（俺は、自分にびっくりしてるよ）

胸がどきどきしている。それは走っているからだけではない、自分の取った行動に、今さらながらに驚いているのだ。

（あんなに、人を拒んだこととって……あったかなぁ？）

もちろん、それなりに理由はある。それでもお人好しというか、人に流されやすいというか、とにかく他人の強い押しに逆らえない人生を送ってきた啓介にとって、反射的に自分が選んだ行動が信じられないのだ。

（いやまぁ、理由が、理由だけど……）

ショタコンの魔王に襲われる趣味はない。もっとも自分が今、幼児の姿になってしまっていることをすっかり呑み込んでいるわけではないのだが。しかしこうやって改めて、見慣れているはずの道路まわりの光景に違和感があるというのは、やはり自分の姿が変わってしまっているからだと実感する。

（でも、最初は……グエンダルのこと、拒めなかった）

それを思い出すと、恥ずかしさに駆ける足が速くなる。同時になぜ彼を拒めなかったのか、そしてこのたびはなぜ拒んだのか。

（そんなこと、わかるか！）

自分のことながら、理由がわからない。わかりたいとも思わない——けれど。

（普通のときの俺にあんなことするのに、子供の俺でもいいんだな……結局、なんでもいいんじゃないか！）

その気持ちが胸の奥からぐっとせりあがり、なんとも表現しがたい苛立《いらだ》ちが湧き起こってきた。啓介は足を止める。

「こ、こ……？」

まわりを見まわすと、一見知らないところだった。しかしよく意識して見ると、見慣れた場所だ。自宅から徒歩二十分くらいのところにある、大きな公園だった。

「あ、れ？」

あたりをきょろきょろとしながら、今さらながらに足の裏が痛いことに気づく。足の裏を見てみるが、血が出ているということはなくて、少しほっとした。

（でも、俺……いったいどうしたらいいんだ）

公園では、たくさんの子供たちが遊んでいる。ここはかなり広い公園で、野球やサッカーのための専用の場所もあるくらいだ。だから目に入るのは子供たちだけではない、老若男女さまざまで、犬の散歩をしている人たちも少なくなかった。

「わ……」

啓介は一歩、退いた。大型犬が多い。しかしそれらの犬たちはリードでつながれているし、皆賢そうな顔をしている。いつもよりかなり視線の位置が違うとはいえ、恐怖することなどないと思うのだけれど。

（いや、だからかな……？）

いつもは視線を落として見ないと、大型犬とはいえ目が合うことはほとんどない。しかし今の体の大きさでは、特に目線を動かさなくても、こちらを見ている大きな犬のまなざしをまともに受け止めてしまう。

（うわ……）

真っ黒な犬と目が合ったのだ。大きくてきれいな目だけれど、同時に舌を大きく出してしきりに荒い息をしているのが、啓介の恐怖を誘った。

「わ、わわっ!?」

思わず大声をあげた。その犬が、突然駆け出したのだ。よく見ると、傍らにいる飼い主らしき女性の手にはリードがない。そして同じ年ごろの別の女性とのおしゃべりに夢中になっているらしい飼い主は、犬が離れてしまったことに気がついていない。

「うわ、ああっ！」

黒い犬は一目散に、啓介のもとに駆けてきた。近づくと、その大きさがますます際立つ。啓介は腰を抜かしてその場に尻餅をついてしまい、すると荒い息を吐きながら黒い犬が啓介の上に乗りあげてきた。

もう声も出ない。普通の大型犬でも、今のこの小さな子供の体の上に乗りかかられると、かの魔王たちに襲われるよりも恐ろしかった。

「わ、ああっ！」

犬が、大きな舌で頬を舐《な》めてくる。その勢いから敵意は感じられなくて、だから決して啓介に害をなそうとしているわけではないことはわかる。しかし今の状況は、単純にとても怖い。

「うわ、ああっ！　助けて、助けて！」

啓介はわめいた。甲高い子供の声が、きんきんと頭の中に響き渡る。それでもここは広い公園で、たくさんの人がいて、啓介の叫び声が通るとは思えなかった。

「啓介！」

そんな中、突然聞こえてきた声にはっとした。犬が情けない声をあげる。犬と啓介の間に物理的距離が生まれた。急な展開に驚いて目を見開き、ついでに口も開いたままの啓介は、恐怖の原因から逃れられたことを実感できない。

「う、あ……？」

犬の力で地面に押し倒されて、だから世界が反対に見える。見あげる先には大きな姿があった。何度かまばたきをして、それが誰なのか確認しようとする。

「大丈夫か、啓介」

「う……ん……」

大きな手を差し伸べられて、啓介は反射的にそれを取って、立ちあがりながら思わず目を見開いた。

「グエンダル！」

彼のもうひとつの手には、黒い犬がぶら下がっている。大きな犬なのに、まるで首根っこをつかまれた猫のようだ。そんな扱いをされて犬は騒ぐと思いきや、全身を硬直させてまばたきもせずにグエンダルを見ている。

「ふん……黒犬ごときが」

吐き出すように、彼は言った。そこに飼い主の女性が走ってくる。飼い主はグエンダルに向かって苦情をまくし立てたが、その金色の目にじろりと睨まれて言葉を失ってしまったようだ。

「おまえの犬か。殺さないだけありがたいと思え」

とても普通の人間の口から出るとは思えないようなことを、グエンダルは言った。もちろん彼は人間ではないから、それを知っていれば別段驚くことでもない。それでいて見慣れているはずの彼の姿に、なぜか違和感がある。

「……その、格好」

「ん？」

犬を連れた飼い主が、逃げるようにふたりから遠ざかる。グエンダルに睨みつけられたことで苦情を申し立てる気は失せたようだが、それでも八つ当たりのような一瞥《いちべつ》を啓介に向けてきた。

「なんなんだ、その格好……？」

しかし啓介は、それどころではない。目の前に現れた彼の装いに、突っ込まずにはいられなかった。

「人間たちの前に出るのに、あのままではおかしいだろうが」

「おかしいとか、おまえが気にするんだ……」

なぜか胸を張ってそう言うグエンダルに呆れて、啓介は小さくそう唸った。

いつも彼は、黒ずくめだ。長い黒髪もそうだし、ローブだかマントだかを重ねたような衣装はまるきりファンタジー世界の住人のそれで、いくら見てもどういう作りになっているのかわからなかった。

しかし今の彼は、ジャージ姿である。

（魔王が、ジャージとか……それにそれ、俺のだし）

長い髪を後ろで束ね、明らかにサイズの小さいジャージを無理やり着ている。彼と自分の体格の違いを思い知らされて悔しい思いがありつつも、それよりももっと突っ込まなくてはならないことがある。

「……それ、自分で変だとか思わなかった？」

小さな声でそう言うと、グエンダルは表情を歪めた。

「おまえは私に、あの姿のまま人間どもと交われと？」

「人間に見せるのは、いやなんだ……」

彼の、と言うべきか、異世界の住人の、と言うべきか。その感覚は未だによくわからない。啓介が首を傾げると、グエンダルは目を眇めてじっとこちらを見つめてくる。

「……あ」

その視線の孕《はら》む色に啓介は怯んだ。自分がなぜここにいるのか、グエンダルの背がなぜこれほど高く感じられるのか、その理由を思い出して、啓介は一歩後ろに退いた。足の裏が急にものすごく痛く感じられて、悲鳴をあげる。

「裸足だからな。痛いだろう」

「う、わっ！」

グエンダルはひょいと啓介を抱えあげた。

「やだ、っ！　離せ、よっ！」

しかし本来の姿でも、彼の力には敵《かな》わないのだ。ましてや幼児になってしまっている今では、どうしようとも抵抗できるはずがなかった。

「や、めろっ！　離せってば、おいっ！」

啓介は大声でわめいたけれど、自分の耳に届くのはきんきん響く子供の悲鳴ばかりだ。抵抗しようという意思さえも、伝わっているかどうか怪しいものだ。

「おいっ！　グエンダルっ！」

彼はちらりと、啓介を見やった。その金色の瞳が不気味に光ったような気がして、どきりと胸が鳴った。

ひと睨みで啓介を黙らせた視線の強さのほどは、感心するべきかもしれない。しかしそんな迫力を持つ彼の着ているのは丈の短すぎるジャージで、それを意識してしまうとついつい笑いが湧きあがる。

「ぷ、っ……」

「なんだ、忙しいやつだな」

先ほどまで騒いでいた子供が、今は笑っている。自分でも感情の移り変わりが激しいと思うが、そもそもとからこういう性質だっただろうか。それとも体が子供になったことで、心までもが激しく揺さぶられるようになったのだろうか。

　家を飛び出してから、とても長い間走ったような気がするのに。グエンダルに抱えられて戻った道は、あっという間にマンションに着いた。彼が妙に慣れた足取りでここまで帰ってきたことが気になったが、その理由を問う前に自宅のドアが開いた。

「お、ろせよっ」

「そのままの足では、床が汚れるだろうが」

　グエンダルはもっともらしいことを言って、啓介を抱えたままバスルームに入った。なにをされるのかと全身に緊張が走ったけれど、彼はあたりまえのように啓介を椅子《いす》に座らせて、適温にしたシャワーで泥だらけの足を、そして気づかないうちに泥だらけになっていた手を洗ってくれた。

「顔も、汚れてるな」

　そう言ってグエンダルは、じっと啓介を見つめてくる。彼の金色の目に、微かに子供が映っていた。その顔には見覚えがあるような、ないような、不思議な気持ちで啓介もそれを見つめた。

「どうした」

「……ん、なんでも」

　啓介が首を振ると、グエンダルは何度かまばたきをして、啓介の心を探るような表情をする。

「なんで、そんな顔するんだ」

「顔も拭《ふ》いてやらねば」

グエンダルはタオルを取ってくると湯で濡《ぬ》らして絞って、顔を拭いてくれる。その手つきは少しぎこちなくて、手足を洗ってくれたとき以上に啓介はなんだか落ち着かなく、気恥ずかしい思いに捉われた。だから、つい乱暴に声をあげてしまう。

「い、たっ！　ごしごし、するなっ！」

すまん、と言ったグエンダルは、先ほど啓介が走って逃げたときのような、おかしな様子を見せることはない。いつもの大胆不敵な姿も消えている。粛々と啓介の面倒をみて、顔を拭き終わるとじっと顔を見つめてきた。彼は読み取れない表情のままバスルームを出て、ふたりはリビングに戻る。

子供の姿になったとはいえ、啓介が全力で暴れた形跡は残っていなかった。いつもの癖でベッドに背を預けて座ると視界がいつもとは違って、改めて自分の身に異変が起きたのだということが感じ取れる。

「足はもう、痛くないか？」

「うん」

そう答える自分の声は、甲高い子供のものだ。公園でさんざん叫んだときに聞いていたはずだけれど、こうやって耳にするとやはり子供のものでしかなくて、啓介はにわかに不安になった。

「疲れただろう。なにか飲むか？」

「あ……、うん」

グエンダルがそう言って、立ちあがる。サイズの合わないジャージを無理やり着ている後ろ姿は笑えるものであるはずなのに、啓介の中には笑おうという気持ちが湧いてこない。

今まで啓介がキッチンに立っているところを、ちゃんと見ていたのだろう。危なげのない手つきでグエンダルはホットミルクを作って、マグカップを手にリビングに戻ってきた。

「飲め」

「あ……ありが、とう」

渡されたマグカップは、少し熱かった。いつもの啓介にとっては適温というところだろうが、今の柔らかい小さな手は、皮膚も薄いのだろう。

「あ、ちっ」

「大丈夫か」

グエンダルが手を添えてくれる。戸惑ってしまうくらいに甲斐甲斐《かいがい》しい彼を見あげ、その金色の目にいつもの見慣れた傲慢《ごうまん》さではない、幼くて弱い者をいたわる優しい色があることに驚いて、じっと見つめた。彼自身は気づいていないらしい、その本心から溢《あふ》れているのであろうそんな気遣いに胸が痛くなった。

「どうした？」

やはり今までからは想像できなかった優しい声で、そう言われる。どうして彼がこんなふうに態度を変えたのかはわからない。もしかすると、これが本来のグエンダルの性質なのかもしれない。それなら、啓介は彼の見方を変えなければならないだろう。

ただどうしても受け入れられないこと。自分が世話されなければ生きていけない小さな子供に変えられてしまったこと、どうすればもとに戻るのか見当がつかないこと。

「……う」

自分の身にいったいなにが起こったのか。わけがわからないままにグエンダルに世話をされて、そんなふうにこうやって誰かの世話がなくては、マグカップひとつ持つこともままならない体。

「う、ううっ……」

「啓介？」

聞いたことのないような優しい声でグエンダルが呼びかけてきた。彼に目を向けると、瞳に映るはずの顔が歪んでいく。

「うあ……あ、ああ……っ……」

止める術《すべ》もなく、ほろほろと涙が溢れる。こんな表情、見せたくないのに。ただでさえ子供の姿にされて、彼にはあらゆる隙を見せてしまっているのに。グエンダルの前で泣きたくない。

それでも涙は止まらずに、啓介の頬はあっという間に濡れていく。鼻の奥が詰まって、ぐすぐすと情けない音が耳に入ってきた。

「……う、ぐす……っ……」

泣き声を抑えようと、懸命に呼吸を止める。涙を鼻水を、服の袖で擦る。

「好きなだけ、泣け」

そう言って、グエンダルは啓介の小さな体を抱きしめた。抵抗できない強い力だ。今の啓介には、彼の腕を振りほどく余力はない。

「そうすることで、おまえの気が晴れるのならば」

気が晴れるとはどういうことだろうか。気が晴れれば、もとの姿に戻れるのだろうか。

それならば、いくらでも泣くけれど。

「ひ……う、っ……ぐす、ぐす……」

止まらない涙に濡れる頬に、温かいものが触れた。思わず啓介は目を見開くが、しかし舌の主は遠慮しない。グエンダルは、ためらう様子もなくぺろぺろと啓介の頬を舐め続けた。それがくすぐったくて思わず肩が震えたけれど、それでも涙は止まらない。

ぐすぐすと洟《はな》を啜《すす》りながら、なおも啓介は泣き続ける。そんな子供を宥《なだ》めようというのか、それとも単に涙を舐めとることが目的なのか。グエンダルはなにも言わなかったし、啓介にも尋ねる余裕はなかった。ただひたすら声をあげて泣き続け、グエンダルはずっと、そんな啓介のそばにいた。


グエンダルに手をつながれると、片手でばんざいをしているような格好になる。彼の歩みについていこうと思うと、早足になってしまう。それに改めて自分が小さい体になってしまったことを実感し、啓介は暗澹《あんたん》たる心地になった。

「足もと、気をつけろよ」

しかし、そう言って気遣ってくれるグエンダルは、啓介のそんな心理に思い及ぶことはないらしい。それとも気づいていて、わざとそんなふりをしているのか。啓介にはわからなかったが、とにかく今はグエンダルだけが頼みなのだ。彼についていくしかない。

「それ、改札機に……そう、そこに当てて、ぴって音がしたら通れる」

グエンダルは、啓介の渡したＩＣカードを持っている。それを手に迷う様子を見せていたが、指示されたとおりにすると改札を通れたことに、こちらを向いて笑顔を見せた。

(うちに来たばっかりのときは、本当に変なやつだったけど……なんか最近、すごく馴染《なじ》んでるよな)

とはいえ、今のグエンダルが着ているのは啓介のジャージだ。手足の長さが足りなくて、そんな格好を笑えばいいのか彼の手足の長さにコンプレックスを抱けばいいのかわからないけれど、とりあえず啓介の家には、一番大きなサイズを探し出してもそれが限界だったし、彼自身がおかしな格好をしていることを気にしていないようなので、啓介も黙って手を引かれている。

目的の電車はすぐに来て、ふたりは手をつないで乗り込んだ。平日の昼間で、電車は空《す》いている。同じ電車でも、朝と夕方以降はすし詰めだ。今の小さな体の啓介が乗れば、問答無用で息もできない状態だろう。

啓介は顔をあげて、窓際に立ってじっと外を見ているグエンダルに目をやった。彼はなにが珍しいのか一心に外を眺めている。電車に乗るなど初めてだろう。なにを見ても新鮮なのかもしれない。

「どうした、啓介」

「えっ」

グエンダルは視線を落として、啓介を見た。そう言う彼に驚くと、グエンダルは子供を守る親のように、にっこりと笑った。

「なにか、不安なことでも？　大丈夫だ、私がいるから」

「は、あ……」

啓介は啓介で、グエンダルを心配していたのに。彼は啓介を心配しているらしい。彼は金色の目を細めて、こちらを見ている。その視線に奇妙に恥ずかしさをかき立てられて、啓介は俯《うつむ》いてしまった。

「あ」

電車が停まって、乗客が降りる。啓介は背伸びをして、駅名を確かめた。

「次だよ。次の駅で降りる」

「わかった」

グエンダルはにわかに真剣な顔つきになった。再び電車が動き始めて、次の駅に着くまでその表情は変わらない。

「そんな、気合い入れなくてもいいのに」

思わず笑ってしまった啓介を、グエンダルは不思議そうな顔をして見た。電車は再び停まり、グエンダルは改めて啓介の手を握り直した。空いている時間とはいえ、たくさんの人が行き交うホームに改札口だ。グエンダルにとっては慣れない場所だから仕方ないのだが、いつも無意味に自信たっぷりのグエンダルがおどおどしているのは見ていて面白い。

バスに乗るときも降りるときも、グエンダルはきょろきょろしていた。目的地はバスに乗ってから十五分ほどのショッピングモールで、平日にもかかわらずたくさんの人で混み合っていた。

「……なんなんだ、ここは」

啓介の手はしっかりと握ったまま、なおもグエンダルは見るものすべてが珍しいようだ。すれ違う人たちもグエンダルを見ているが、それは彼の人ならぬ美貌のせいなのか、それともどうしても笑いを抑えられないつんつるてんのジャージ姿のせいか。そのふたつが同居しているからかもしれない。

「いろんな店が集まってるところだよ。とりあえず、おまえの服、買いに行こう？」

啓介はグエンダルの手を引っ張って、通い慣れた衣類の量販店に向かった。そこでもグエンダルは注目を浴びたけれど、本人は気にしていないようだ。

「なんだ、これは……たくさんの、人間の衣服が……」

それよりも彼は、見たことのない光景に驚いている。啓介の部屋に現れたときから彼には奇妙な落ち着きがあって、それは威圧的でさえあった。しかし電車に乗ってからのグエンダルは、どこかおどおどしていて落ち着きがない。

「まずは、今着るぶんだよな。いつも黒だけど、やっぱり黒がいい？　それともほかの色、着てみる？」

「私は……どう、でも……」

おまけに彼らしくない躊躇《ちゅうちょ》を見せる。そんなグエンダルの反応が、楽しくてたまらなくなった。

「ほら、こういうのとか。似合うと思うな？」

啓介の趣味でコーディネートして、グエンダルを試着室に押し込んだ。カーテンを閉めると、中から情けない声が聞こえる。

「啓介……どうやって着ればいいのか、わからない……」

「ああ、そりゃそうだ」

それは自分の判断が悪かった。啓介が更衣室の中に入ると、ジャージを脱いで裸のグエンダルがいる。

「わ、っ！　なんで裸なんだよ！」

「ほかに、着るものがない」

情けない口調でグエンダルが言った。グエンダルに持たせた細身のジーンズ、黒の襟がついている白いワイシャツ、銀色の縫い取りがちりばめてある薄いジャケット。着せてやろうにも啓介には手が届かないので、これはどう、あれはこう、と口で指示を出して、グエンダルはやっとまともな装いになった。

「これは……？」

「財布。中にお金が入ってるから、あそこで、言われた額出して」

「う、うむ……」

ひどい難問を押しつけられたかのように、グエンダルは呻き声をあげた。彼は困った顔をして、腕を伸ばすとひょいと啓介を抱きあげる。

「ちょ、ちょっと！」

「これは、わからん。おまえがやれ」

「え、でも……」

結局、大人の腕に抱かれた幼児が、その手には大きすぎる財布の中身をてきぱきと店員に渡すという光景になってしまい、レジの店員は大きく目を見開いてふたりを見ていた。

「まぁ、とりあえず」

店員に訝《いぶか》しく思われたことはともかく、グエンダルの格好をまともにするミッションは果たした。店から出て、腕から下ろしてもらった啓介は、グエンダルの姿を見あげた。

「なんだ」

着慣れない服のせいか、グエンダルは落ち着かない様子だ。それでも啓介の選んだ服は、見立てを間違ってはいなかったらしい。いつもの彼の、魔王然とした衣装とはまた違う意味で、しっくりときている。

「似合ってる」

「なにが……」

啓介は腕を伸ばして、グエンダルの手をつかんだ。戸惑う様子を隠さないグエンダルは、なにかを窺《うかが》うようにじっと啓介を見たけれど、そのままおとなしく手をつないだ。

「次は、あっちね」

「また……人間の、衣か？」

「だって俺、着るものこれしかないから」

そう言って啓介が自分のシャツの裾《すそ》をくいくい引っ張ると、「ああ」とグエンダルは頷いた。

「この服だけは、なんでか俺と一緒に小さくなったけど。それはそれで……謎だけどさ」

手をつないだグエンダルを引っ張って、子供服をメインに取り扱う店に向かう。そこは先ほどの店とは違い、小さくてカラフルな服がずらりと並んでいた。

「ほぉ……人間の世界は、便利だな」

珍しくグエンダルが人間を褒めるようなことを言った。それに気をよくして、啓介はぎゅうぎゅうと彼の手を引っ張って、店内に入る。

「……ううん」

しかし入ったはいいけれど、どれもこれも目に入るものは、啓介を悩ませるばかりだった。思わず啓介は、唸り声をあげてしまう。

「なにが不満なのだ。これも……これも。おまえに似合いそうだが？」

「こんなかわいいの、やだ！」

啓介は駄々を捏《こ》ねるような声をあげ、床に座り込んでグエンダルを見あげる。彼は本気で困っているような顔をしていた。傍目《はため》には、わがままを言う子供と、その父親だろう。

「かわいいのがいやだ、と言ってもなぁ……」

啓介が床に座っている間、グエンダルは今の啓介に合いそうなサイズのシャツやズボンを見繕っている。

「ほら。このあたりを着てみろ」

「……赤ちゃんの服みたい」

「なにを言うか。今のおまえは赤ん坊なのだから。相応の服を身につけなければ、おかしな目で見られるのだろう？」

いつの間にかグエンダルは妙に人間の世界の視点を身につけている。啓介は渋々立ちあがり、彼が手にしている水色の、雲の模様があしらわれているシャツを合わせられた。

「ほら、ぴったりだ」

鏡を見やると、むすっと膨れた幼児が立っている。しかしその姿には、サイズだけは小さい大人が着るようなシャツとズボンより、グエンダルが選んだようなかわいらしい模様やデザインが似合う。

「よく似合っているな。ほら、これもだ」

グエンダルは啓介の着替えを、妙に熱心に選んだ。あれやこれやと、啓介はたちまち衣装持ちになってしまう。買いもののビニール袋を、グエンダルは平気な顔をして持った。

「重くないの？」

「中は布ばかりだからな。そう重いものでもない」

「そんなもんかなぁ……？」

なおもグエンダルは、あたりを見まわしている。啓介は首をひねった。

「どうしたの？」

「あれ……ああいうのは、いらないのか？」

グエンダルが指差した先は、衣服以外の幼児用のアイテムが置いてある売り場だ。彼がなにを指しているのか気がついた啓介は、声をあげた。

「おむつなんか、いるわけないだろーっ！」

あたりには、啓介の悲鳴が響き渡る。気が利くというべきか、それともただ単に啓介をからかっているのか。

男にとっては瑣末《さまつ》なことである服の買いものとはいえ、ずいぶん時間を食ってしまったようだ。ショッピングモールに入ったときはまだ明るかったのに、たくさんの荷物とともに表に出ると、もう暗かった。

またバスに乗る。夜のバスは少しばかり混んでいて、ふたりは奥の席に座った。なにしろ荷物が多い。それらを足もとに置いて息をついたとき、停車駅から乗ってきた乗客の中に、少し腰の曲がった白髪の女性がいた。

（あ、席……）

反射的に啓介は立ちあがろうとして、しかしグエンダルの大きな手が遮った。彼は驚くほどスマートに席を空けて、白髪の女性は大きく目を見開いている。

「座れ」

その言葉遣いは決して褒められたものではなかったけれど、グエンダルの身のこなしには奇妙に似合っていた。女性は驚いた顔のまま啓介の隣に座り、しげしげとグエンダルを見あげて、そして啓介に視線を向けた。

「たくさんお買いものしたのねぇ？」

「う、うん」

女性の口調に、自分が小さな姿だということを思い出した。できるだけ自分の見かけに違和感のないように、幼げな口調で答えた。女性はにこにこと啓介を見ていたが、またグエンダルを見やって小さく頷いた。

「パパとお買いもの？　偉いわねぇ」

「パ……」

確かに親子に見えないこともないだろう。その会話は、斜め前に立つグエンダルに筒抜けだったらしい。彼はにこにこと嬉しそうな顔をしている。無性に腹が立って精いっぱい足を伸ばしてグエンダルの足を蹴ったが、子供の短い足ではたいした威力はない。彼は不思議そうな顔をして啓介を見た。

（ああ、もう。くそっ！）

先に女性が降りて、駅前で啓介たちが降りる。帰りの電車に乗るのは、初めてだった行きに比べて驚くことも少なかったらしい。夕方のせいか車内は少し混んでいる。立っている人たちはやはりグエンダルを物珍しそうに見ているけれど、今の彼はまともな格好をしている。ということは、やはりその容姿が人目を惹《ひ》いているのだろう。

（確かに……美形なんだろうな）

それもどこか陰を感じさせる、ひと癖あるタイプの美形だ。彼の陰鬱《いんうつ》な笑みはなにゆえなのか。見ている者にそう感じさせる、忘れられない印象がある。

もっとも今のグエンダルは、そのようなまわりの視線など気にしていない、どころか気づいてもいないようだ。その金色の目は、じっと窓の外に注がれている。昼間よりも日光が少なくて、そのぶん目に映る光景は印象が違うだろう。それが珍しいのかもしれない。

電車を降りて、またグエンダルと手をつないで歩く。視線の先にぱっと明るい照明の店舗が見えて、啓介は指を差した。

「コンビニ、寄ってく？」

「コン、ビニ？」

グエンダルが不思議そうにそう言って、目を細めた。

「うん。シュークリーム、食べたくない？」

「シュークリームとは、あれか。ふわふわで、とろとろの……」

「そう、あれあれ」

啓介はすたすたと店内に入る。ひとりでに開く自動ドアに、グエンダルは相変わらず慌てている。そんな彼を無視して生菓子コーナーに向かうと、大きなシュークリームがふたつ陳列してあった。

「これか……！」

グエンダルは一歩踏み出して、目的のものを手に取る。彼の大きな手の中では、ビッグサイズと書かれたシュークリームは普通サイズに見える。

「じゃ、早くレジ……」

彼を急《せ》かそうとした啓介だが、しかしシュークリームを手にグエンダルは固まってしまっている。

「どうしたの？」

「こ、れ……」

彼は、束ねるゴムからこぼれた長い黒髪をふわりとなびかせながら振り向いた。

「ふたつは……だめか？」

「……え？」

そのふたつの金色の目をうるうるさせながら、彼は啓介を見つめてくる。ついついほだされてしまいそうになるまなざしだ。

「これ、ふたつ。両方とも、食べたい」

「だめ」

啓介は冷酷にそう言って、グエンダルは大袈裟《おおげさ》に肩を落とした。そんな彼を、啓介は強く睨みつける。小さな手でシュークリームをひとつひったくって、さっさと商品棚に戻した。

「早く、レジ行ってきて。買うんでしょ」

「あ、あ……そうだな……」

なおもグエンダルは、もうひとつを手放しがたいようだったが、もう一度啓介が睨みつけると、しぶしぶひとつだけを持ってレジへと向かった。

「帰ろうか」

それでもコンビニの小さなビニール袋を下げたグエンダルは満足げだ。もうひとつの手を啓介とつなぎ、意気揚々と家に向かう。その間もグエンダルはどこか浮き足立っていて、そんな彼に啓介は目をしばたたいた。

「そんなに、シュークリーム……好き？」

訝しく啓介がそう言うと、グエンダルはこちらを見て、少しだけ首を傾げた。

「シュークリームとは……これの、名前だったか」

グエンダルは手にしたビニール袋をゆるゆると振る。

「そうだよ。そんなに好きなら、名前くらい覚えててよ」

「そうか、そうか」

何度も頷きながら、グエンダルは上機嫌のまま家のドアにまで辿《たど》り着いた。ノブをまわすことはともかく、鍵を差し込むのは難しくて、彼に鍵を渡して開けてもらう。

「本当に、不便だな！」

なんでもやってもらわないとできないことが腹立たしい。しかしそんな啓介の苛立ちを理解しているのか、グエンダルはてきぱきと動いてできるだけ啓介にストレスを与えないようにしてくれているようだ。

「サラダ油はここ、フライ返しは、あそこ」

「ああ」

今の啓介は、キッチンをうろうろ動きまわるだけのお邪魔虫だ。しかしグエンダルは啓介にぶつかっても邪魔にすることはなく、むしろキッチンの先輩だと重んじてくれる。教えを請うことにも抵抗はないらしい。

「こんな感じか？」

キッチンには、炒飯のいい匂いが広がっている。グエンダルが皿に料理を盛って、啓介に見せてくれた。

「うわぁ……」

ちょうどいいぱらぱら具合といい、混ざっている卵の炒《い》り具合といい、まったく問題はない。美味しそうな匂いに啓介がくん、と鼻を鳴らすと、グエンダルはにやりと笑った。

「食うか？」

返事をする前に、啓介の腹が小さく鳴る。反射的にふたりは目を見合わせて、そして同時に噴き出した。

「食べよう食べよう！」

メインの炒飯に、スープにサラダ。まるでちょっとした定食だ。思いのほか空腹だったべ啓介はがつがつ食べたけれど、しかし体が小さいぶん口も小さい。なかなか思うように食べられなくて、もどかしくなった。

「落ち着いて食べろ、啓介」

グエンダルが呆れたように言った。

「今のおまえは、小さいんだからな。ほら、口についてる」

「なにが」

啓介が言うと、グエンダルが手を伸ばしてくる。唇の端に触れられて、どきりとした。

グエンダルは、啓介の口もとからつまみ取った飯粒をぺろりと舐めとる。その仕草が奇妙に色っぽくて、思わず視線を奪われてしまった。

（な、んなんだ……）

こんな子供の姿に欲情するグエンダルを、啓介は変態呼ばわりしたけれど。しかしその啓介もこうやって彼の艶《なま》めかしさに見とれていては、おあいこだ。

「もっと……ゆっくり食えば？」

啓介がそう言ったのは、彼のスプーンの動きが妙にせかせかしていると思ったからだ。なにごとにも余裕を見せるグエンダルらしくない。

「おまえが……あれは、食事の最後に食べるものだと言っただろう」

「あれ？」

グエンダルは、ちらりと冷蔵庫のほうを見た。振り返ると、どこか恨みがましい目で啓介を見やる。

「ああ……シュークリーム？」

呆れた口調で啓介が言うと、グエンダルは拗《す》ねたような顔をした。

「おまえのほうが子供みたい」

笑いながらの啓介の言葉に、グエンダルはなおも気に入らないという表情を見せていたが、早々に食事を終わらせると、冷蔵庫に飛んでいった。

「本当に……好きなんだなぁ」

ぱりぱりと包装を破る手つきも、もうすっかり慣れたものだ。ひと口齧《かじ》って、たちまちグエンダルの顔は喜色に彩られる。

こうやってテーブルを囲んでいるふたりは、傍目には仲よし父子の団欒《だんらん》の場だろう。もっとも甘いものを喜んで食べているのは『父』のほうだが。

「美味《うま》い？」

首を傾げて啓介が問うと、シュークリームに齧りつくグエンダルは少し目を見開いて、そしてこくりと頷いた。

（なんだか、すっごく……かわいいんですけど？）

そんな彼を見ていると、なぜだかおかしな感情が湧きあがりそうだったので「そう」とそっけない返事をしてカーテンの引かれた窓のほうを見やった。

ふっと目が覚めると、あたりは真っ暗だった。

「……ん？」

まだ完全には覚醒《かくせい》していない頭のまま、ベッドを転がる。いつもなら傍らに大きな体があるのだがそれがなくて、啓介はそのままころころとベッドの端まで転がってしまった。

「グエンダル……？」

しかしベッドは暖かい。彼は先ほどまでそこにいたはずだ。啓介がひょいと体を起こすと、窓際に彼はいた。

（……どうしたのかな）

まだ寝ぼけたままの目を、何度もしばたたいた。グエンダルは、啓介が目覚めたことに気がついていないらしい。薄暗い部屋では少しばかり輝きの鈍る金色の目は、窓ガラスの向こうに注がれていた。

啓介はベッドから下りて、ぺたぺたとグエンダルの隣に歩いていく。さすがに彼も気づいたらしく啓介に顔を向けた。正面から見ると、その瞳の輝きは少々鈍くなっているような気がする。

「なにしてるんだ？」

「空を見ている……」

その表情も声も、いつもより暗い。グエンダル自身は気づいていないようだが、そんな彼を見て啓介は意気消沈した。

（空、ってことは……どこか、遠く？）

啓介も窓枠に手をかけ、屋外を見た。星が点々と空を彩っている。それよりも眩《まぶ》しいのは煌々《こうこう》と輝く街灯や、小さな不夜城であるコンビニの灯《あか》りなど。真っ暗とはいえない街中の光景に、啓介はひとつため息をついた。

「ねぇ、グエンダル……」

小さく声をかけかけたけれど、グエンダルの耳に届かなかったようだ。なおも夜空を見あげる彼の表情に、啓介はきゅっと胸を締めつけられるような感覚に陥った。

（やっぱり……魔界に帰りたいのかな）

そんなグエンダルの横顔を見つめながら、啓介は考えた。

（そりゃ、そうだよな……そこが本来、グエンダルがいるところなんだから）

理屈では理解できる、しかしそう考えると啓介の心はきゅうと縮まるような気がして、その理由もわからないまま、子供の短い腕を伸ばして、グエンダルに抱きついた。

「ど、どうした」

突然の行為に、グエンダルは驚いたようだ。そもそも啓介から抱きつく、というのは珍しいことかもしれない――今まで彼を、こうやって甘えていい相手だと考えたことがなかったから。

「……なんでも、ない」

小さな声で、啓介はささやいた。グエンダルは驚いていたようだけれど、やがてその逞《たくま》しい腕が啓介の背にまわった。

「泣くな……」

「泣いて、ない」

グエンダルは小さく笑って、そして目尻《めじり》にキスをしてきた。ちゅっと音を立てて吸われたので、やはり涙が溢れていたのかもしれない。

少し力を込められて抱きしめられた。こうやって何度も彼の腕に包まれたことはあるけれど、今ほど彼の体温を感じ、温かい気持ちになったのは初めてのような気がする。

「どうして……空なんか見てたんだ？」

啓介が呟くと、グエンダルは小さくため息をついた。

「ここ……俺んちじゃ、不満？」

「不満ではない」

ため息の呼気のまま、グエンダルは言った。

「おまえは、あの……シュークリームをくれるしな」

「ぷっ」

グエンダルの素直な言葉に笑ってしまう。彼はおかしなことを言ったつもりはないらしく、不思議な表情を浮かべて首をひねっている。

（今は……こうやって、いてくれるけど）

彼に抱きしめられたまま、つらつらと啓介は考えた。

（そのうち、魔力を取り戻して……帰っちゃうんだろうな……）

それは最初からわかっていたことだ。むしろ啓介は、早くそうなってくれることを願っていたはずなのだけれど。

（どうして、俺……さみしいんだろう？）

心臓が、きゅっと締めつけられるようだ。それが痛くて苦しくて、啓介は身じろぎをした。

「どうした？」

「なんでも、ない」

できるだけ軽い調子でそう言って、しかしなかなかグエンダルの腕の中から顔をあげることができなかった。


いくらグエンダルが人間世界の生活に慣れてきたとはいえ、まだひとりで買いものに行けるほどではない。

その日も、ふたりで手をつないでスーパーに向かった。もっともひとりで買いものができないとはいっても、最初のころほどではなかった。グエンダルは優秀な主婦のような目で野菜売り場を睨んでいて、その姿を見慣れたとはいえ、いつもながらに笑いそうになってしまう。

「ほら、手」

啓介がグエンダルから離れると、彼は大きな手を突き出してきた。確かにまわりは大人ばかりで、小さな体の啓介では、はぐれてしまうかもしれないけれど。

「……別に、迷子とかならないし」

いつになくふてくされた態度を取ると、グエンダルは驚いた顔をしている。

「それでも……おまえは、小さいんだから」

もっともなことを言われるが、今日はなぜかそれが無性に腹立たしかった。

「おい……啓介！」

反射的にグエンダルに背を向けて、啓介は歩を速めた。追いかけてくる足音を無視していると、ひょいと目の前に子供が現れた。

「あっ……」

目線が同じくらいだ。青いオーバーオールをまとっている子供は、啓介に向かって嬉《うれ》しそうな顔をした。一方の啓介は、体は同じくらいの大きさだとはいえ、今まで接触した機会もほとんどない、本物の子供を目の前にして怖気づいた。

「えっ、な……な、に？」

子供はなにやら意味のわからない言葉をしゃべりながら、啓介に近づいてきた。ぎゅっと腕を掴《つか》まれて、そうすると乱暴に振りほどくわけにもいかないし、かといって子供の意味不明な言葉にどう対応していいものかもわからない。

「や、あの……え、ええと……」

後ろからグエンダルが近づいてきた。とっさに啓介はその後ろに駆け込むと、人見知りを演じてそこからじっと子供を見やる。

「ほらほら、だから手、つないどけって」

グエンダルは微笑みとともにそう言う。彼の大きな手が啓介のそれをぎゅっと摑んできて、思わずほっとため息が洩れた。

「行くぞ、啓介」

「う、ん」

今度はおとなしくグエンダルに手をつながれて、啓介はその場を去る。懐いてきた子供は諦《あきら》めたように、こちらに向かって手を振っていた。

(……あ)

手を引かれてついていった先は、鮮魚コーナーだ。スーパーに来る前にふたりはちゃんとチラシに目をとおし、今日の安売り商品をチェックしてきたのだ。

啓介たちと同様に、さまざまな魚のパックが並べてあるショーケースの中を覗き込んでいる者がいる。啓介と同じくらいの歳の男性だ——啓介のもとの姿の、と言うべきか。

グエンダルは、真面目《まじめ》な顔をして魚のパックを吟味している。彼はそれに忙しくて、啓介の心のうちには気がついていないようだ。

（俺……ちゃんと、もとの姿に戻れるのかな）

男性は魚のパックをひとつ取ると、足早にその場を去ってしまう。啓介はそのまま、彼の姿をじっと見送った。

「啓介、行こう……か？」

顔をあげたグエンダルはぎょっとした表情を見せた。

「おまえ、なぜ泣いている？」

その言葉に、啓介は目を見開いた。ぱちくりとまばたきをすると、温かいしずくが頬を伝った。

「あれ？　なんで……？」

目を擦ったけれど、涙は途切れない。それどころか次から次へと溢れてきて、しまいには手がびしょびしょになってしまう。

「落ち着け。まぁ……泣きたいときもあるだろうがな」

グエンダルは泣き続ける啓介をひょいと抱えあげると、頬にくちづけて涙を吸い取る。

「う、あ……やめ……っう、うう……っ」

啓介は少し抵抗したけれど、グエンダルはまたぺろりと濡れた頬を舐めただけで、そのまま買い物を済ませる。

スーパーを出てからもずっと泣いていた啓介は、ときどきすれ違う人に心配そうに顔を覗き込まれたけれど、それ以上注目を浴びることなく帰宅した。

「う……ぐす……う……うっ」

見慣れた家の廊下に下ろされて、すると心は少し落ち着いた。それでも涙は止まらない。グエンダルはそんな啓介の前にひざまずくと、後頭部に手のひらを添えて引き寄せ、涙を温かい舌で舐めとった。

「ぐす……す、ん……っ……」

そうやって舐めるのは、グエンダルにとっては栄養補給のようなもの、実質的な目的のためにしているのだとわかっていても、まるで慰められているようで嬉しかった。

泣き止《や》んだころには、もう屋外は暗くなっていた。グエンダルはまだ洟をぐすぐすいわせている啓介を抱きあげて、いつものベッドの脇《わき》に座らせてくれた。電気を点《つ》けてカーテンを引いて、そしてキッチンに入っていったのは、スーパーでの買いものを片づけるためだろう。なおも鼻を啜っていると、グエンダルが手にシュークリームをひとつ乗せてやってきた。それを、啓介の目の前に突き出す。

「食え」

「えっ、でも……」

これはグエンダルの好物だ。今日の買い物でも彼はふたつ三つと買いたがったが、子供のわがままを受け入れない厳格な親のごとく、啓介はそれを許さなかった。

「いいから、食え」

そう言ってグエンダルは、慣れた手つきでビニールを破った。シュークリームを取り出して、彼の動きが一瞬止まった。

「う……」

「いいから、おまえが食べろよ」

思わず啓介は、笑ってしまう。

「食べたいんだろう？　俺はおまえほどは、シュークリーム好きじゃないから」

「いや……し、かし」

グエンダルがたじろぐのに、啓介は声をあげて笑った。我ながら先ほどまであれほどに大泣きしていたのが嘘《うそ》のようだ。そんな啓介を見て不思議そうな顔をしているグエンダルの手の中には、その温度でクリームが溶け出しそうになっているシュークリームがある。

「ほら、溶けちゃうし」

結局シュークリームは、グエンダルの口に入った。それでもいつものようにがつがつ食べることはせず、啓介の様子を窺いながら遠慮がちに食べているのがかわいいと思った。

「……おい」

最後のひと口を惜しむようにゆっくり食べているグエンダルが、ふと眉を寄せた。彼は啓介の目もとに指を伸ばしてくる。すると鼻先にふわりと甘い匂いが漂う。

「どうして、また泣く」

「……お、れ？」

道理で、グエンダルを見ている目が霞《かす》むと思った。またごしごしと目もとを擦って、しかし視界は晴れてくれない。

「あまり擦るな、痛むぞ」

「うう……」

グエンダルはぺろりと自分の唇を舐めて、そしてまた啓介の目尻にくちづけてくる。彼の吐息はやはり甘くて、その匂いに体が蕩《とろ》けそうになった。

「ん、ん……」

グエンダルは腕を伸ばして啓介を抱きしめてくれて、その抱擁の力強さに縋《すが》るように、啓介は力を抜いて寄りかかった。

「もとに、戻りたい……」

その言葉は啓介の口から自然に洩れ出して、言った自分が驚いたくらいだ。

「もとの、体……に」

「そうだな」

グエンダルは呟き、大きな手で背中を撫でてくれる。そうやってしばらく啓介をあやすように手を動かしていたが、やがて秘密を打ち明けるようにささやいた。

「魔界に、来るか？」

「……え？」

驚きで啓介の涙が止まってしまう。

「そういう、力……なくなったんじゃないのか？」

「おまえを連れて境界を超えるくらいの力は、溜《た》まった」

「溜まった、って……そんなもんなのか？」

グエンダルは、至極真面目な顔をして頷いた。そのようなものか、と啓介もつられて首を縦に振る。

「あ、もしかして……俺が、泣いてばっかりいるから？」

「そうだな。子供はよく泣く。どのような姿だろうと、おまえの体から生まれた液体には力があるからな」

「液体……」

身も蓋《ふた》もない言いかただ、と啓介は思わず笑ってしまう。するとグエンダルも、少し微笑んだ。

「私の得た力は、おまえの姿をもとに戻してやれるほどではない。しかしおまえを向こうに連れていくことができれば……あちらでは、私の力も大きくなる。魔界でなら、おまえをもとの姿に戻してやれる」

「うん……」

もちろん、もとの姿に戻りたい。しかし魔界に行くという――今まで考えもしなかった、未知の場所にもほどがある。今すぐ彼の話に乗る、というだけの勇気はなかった。

「ためらうか」

「だ、って……」

グエンダルの腕の中で、啓介は大きく身震いする。

「そんなところ、行ったことないし」

掠れた声で言うと、グエンダルは低く笑った。

「まぁ、ないだろうな」

「からかうなよ」

啓介が唇を尖らせると、グエンダルはまた笑う。

「しかしあちらには、ギュスターヴがいる」

あの絵に描いたような美貌の、意地の悪い魔王だ。そもそものギュスターヴのせいで、啓介はこのような姿になってしまったのだ。

「仮に私がおまえを助けられずとも、術をかけたギュスターヴなら可能だ。こちらで手をこまねいているよりも、あいつを捜すほうが手っ取り早い」

「そりゃ……そうだろう、けど」

「怖い、か……」

グエンダルは手の甲で顎を支え、考え込むような表情を見せた。魔界は彼にとってのホームグラウンドだ。生まれ育った地を怖いと言われても、ぴんとこないのだろうし、もとの姿に戻りたいのなら、魔界に行く、それ以外に啓介に選択肢はないのだろう。

「……うう」

啓介は俯いて、そのまま上目遣いでグエンダルを見やった。彼は金色の瞳でじっとこちらを見ている。あとは啓介の決断次第だ、というようだ。

「怖い、けど……」

声を詰まらせながら、小さな声で言った。

「守ってくれる？」

「無論だ」

間髪入れずにそう言って、グエンダルは微笑んだ。今まで見た中で、一番親しみの持てる笑みだと思った。そう感じられた。

4

先日グエンダルと一緒に買ってきた服に着替える。グエンダルはもともと着ていた黒のローブをまとう。すると見慣れた彼の姿になった。

「ほら」

身支度を整えたグエンダルは、啓介に手を差し出してくる。大きな彼の手が小さな啓介のそれをぎゅっと摑むと、触れ合った場所から全身に安堵《あんど》が広がっていく。

家を出て歩いていく間中、グエンダルはしっかりと手を握ったままだった。その力は少し痛いくらいだったけれど、そのぶんグエンダルが守ってくれていることが伝わってきて、啓介は怯えずに歩くことができた。

「ここ……」

あたりを見まわしながら、思わずそんな声が洩れた。グエンダルが立ち止まったところには、どこかおどろおどろしい空気が立ち込めていた。

「ど、こ……？」

電車もバスも使っていないし、それほど長い距離を歩いたという感覚もない。それでもここは今までとは違う場所だ。それがはっきりと感じられて、啓介はごくりと息を呑んだ。

「異世界との境界に近づいている」

なんでもないことのようにグエンダルは言ったが、その言葉の異様さに啓介は思わず後ずさりをした。しかし彼は手を離さない。

「ほら、あそこだ。あそこから、魔界に向かう」

グエンダルが指差した場所からは、怖気が走るような空気が漂ってくる。

「お墓……」

墓石や卒塔婆が無数に並んでいるのが見て取れる。あたりは薄暗く、誰もいない。見あげると雲は灰色でどんよりと暗く、今にも雨が降ってきそうだ。

「ここ、が……ここから、魔界に行くのか？」

啓介がそう問うと、グエンダルが見つめてくる。彼に手をつながれ視線で守られ、そのことにほっと安堵を覚えるが、それでも見知らぬ不気味な場所にいることはやはり不安で、つないだ手に力を込めた。

「そうだな。魔界への門は、逢魔《おうま》が時にしか開かない。まさに……もう少し、だな」

グエンダルは天を仰いでそう言った。啓介もまた空を見たけれど、ただただ不気味だと感じるばかりだ。

「あそこだ。あの、十字路」

そこは道路の真ん中だった。アスファルトで舗装してある、特に珍しくもない道。しかし明らかに異様な空気が漂っていて、そこが人間の入るべき場所ではないということを知らしめている。

「行くぞ」

「わ、あっ」

グエンダルにとっては別段、珍しい場所ではないのだろう。ためらうことなくすたすたと歩いていくが、その足取りが速いのと、本能的に恐ろしいと感じる場所に近づくのを尻込みしてしまい、啓介の足は動かない。

「ま、待って……」

「ん？」

振り返って、グエンダルは首を傾げた。今は束ねていない長い黒髪が、さらりと揺れる。

「そっち……怖い、んだけど」

グエンダルは、ああ、と小さく頷いた。

「不慣れな人間なら、そう感じることもあるのだろうな」

「わ……っ、わわっ！」

いきなりグエンダルは腕を伸ばし、啓介を抱えあげる。ひょいと肩に乗せて十字路に向かって歩き始めた。

「は、なせ！　自分で、歩ける！」

「うるさい。騒々しいと、空気が揺れて扉が開かぬ。黙っていろ」

いつになく厳しい口調でそう言われて、啓介は口を噤《つぐ》んだ。グエンダルは迷いのない歩みで十字路に近づき、立ち止まると啓介を抱えていないほうの手の指を組み合わせ、不思議な形を作った。

(なに……？)

そして彼は、なにやら小さな声で呟き始める。くぐもった声は啓介の知っている言語ではない。聞いていると、なにやら呼吸がしにくくなるようだった。

「あ、っ……」

啓介を取り囲む空気が変化したように感じたのは、気のせいではなかった。なおもグエンダルが呪《じゅ》を唱え続けると、空気が凝縮したかのように濃くなっていく。

「う、う……っ」

思わず大きく口を開けて、呼吸に専念した。まわりを取り囲む大気は塊になってふたりを包み込み、そしてそれが音もなく歪んでいく。

「わ、あ……っ……！」

反射的に啓介はグエンダルのローブをぎゅっと摑んだ。その感覚を最後に、目の前が真っ暗に塗りつぶされる。啓介のあげた悲鳴も、その中に吸い込まれていった。

寒さに大きく、ぶるりと震えた。重い瞼を持ちあげると見慣れないものばかりが視界に入ってきて、それを前にまた体がわななないた。

「啓介」

「あ……グエン、ダル……」

空はどんよりと薄暗い。あたりの空気は冷たくて霧が覆っている。そのせいでまわりがぼんやりとしか見えず、啓介は手を伸ばしてあたりを探った。

少しだけまわりの光景が見えてくる。ここは森のようで、しかし無数に生えている木々は、どれにも緑の葉はついていない。燃えたあとのように黒い枝が、まるで助けを求める人間の腕のように不規則に伸びている。

「こ、こ……は？」

「魔界の森だな」

息を吐きながらグエンダルは言った。気づけば啓介は、彼の腕に抱えられている。本物の子供でもないのに恥ずかしい、と思うけれど、しかしこの未知の世界、しかもこんな不気味な中で行動するには、グエンダルの存在が不可欠だ。それならこうやって、抱えられているほうがいいだろう。

「このようなところに出るとは……」

独り言のように、グエンダルは呟いた。

「私の力もまだ回復しきってはいないようだな。ここらあたりには、私でも対応できない魔物が多い……」

聞き慣れたはずの彼の声が、なぜか恐怖をかき立てるものに聞こえる。啓介が自分を抱える腕にぎゅっとしがみつくと、グエンダルが小さく笑った。

「どうした、恐ろしいのか」

「そりゃ……そう、だ……」

それでも懸命に、虚勢を張って啓介は言った。

「こんなところ、想像したこともない」

「そうだろうな」

言ってグエンダルは、また笑う。彼は啓介を抱え直し、やや足早に歩き出した。魔王である彼でも太刀《たち》打ちできない生きものがいるという場所から離れられるのは喜ばしいことだと思う。やがて奇妙な木々の作る森から出て、今度は拓《ひら》けた場所が目の前に広がった。森の中よりも空気は乾いている。そのまま歩いていくと、不規則に岩が転がる崖《がけ》の端に立つことになった。

覗き込むまでもなく、ここが高いところであるというのがわかった。ざざ、ざざ、と聞こえるのは波の音だろう。潮の匂いのする風が勢いよく吹きあがってくる。啓介の体の奥が、ざわざわと揺れた。

（自殺の名所……東尋坊《とうじんぼう》とかって、こんな感じかな……？）

とっさに浮かんだその発想に、また大きく震える。グエンダルは改めてぎゅっと抱きしめてきて、その力に驚いた啓介は顔をあげた。彼も緊張した表情をしているように思う。ここは魔界なのに、その住人であるグエンダルも恐ろしさを感じるのだろうか。

「ねぇ、こんなところ……」

早く、遠のいてしまいたい。しかし啓介を抱えたままのグエンダルは、ふいと空を仰いだ。片手で啓介を抱いたまま、もう片方の手を宙に差し伸べる。またなにか呪文《じゅもん》のような言葉をぶつぶつと呟き、するといきなり空が暗くなったように感じた。

「わ、わわっ？」

とっさに啓介は、グエンダルの首もとにしがみつく。グエンダルは啓介の背にまわした腕に力を込めて、そして空に向けた手を大きく開いた。

「うわあ、あっ！」

啓介の声は、あたりを満たした大きな音に紛れてしまった。ばさ、ばさ、と響き渡るのは、視界を覆い尽くす黒い生きものだ。大きな鳥だ、と気がついたのはあたりに起こる風が規則的で、その羽ばたきのたびに黒い羽根が舞いあがるからだ。

「バザン」

　グエンダルは低い声でそう言った。すると目の前の怪鳥は、キキーッと耳をつんざくような甲高い声をあげた。頷いたグエンダルは、落とさないように啓介を抱え直す。そしてまたなにかを呟いた。そのまま彼は素早く地を蹴って、気づけばふたりは黒い大きな鳥の背に乗っていた。

「うわ？　あ、ああっ？」

「そんなに騒ぐな」

　啓介を抱えたまま、グエンダルは言う。彼にちらりと睨みつけられて、啓介は肩をすくめた。

「え、と……これに乗って、行くの？　どこへ？」

「我が城だ」

　短くそう言ったグエンダルは、どこか懐かしむように流れていく景色を眺めている。啓介もひょいと下を見たけれど、先ほどの森を埋め尽くしていたのと同じような不気味な黒い木々が無数に枝を宙に伸ばしていて、その合間をときどき不気味な鳥が飛んでいく。

（う、わ……）

　漂ってくる空気からも、この世界のおぞましさが心底伝わってくるように思える。啓介が大きく身を震わすと、グエンダルはそんな小さな体を守るように抱きしめてくれる。

「ほら、見ろ。あれが、我が根城だ」

グエンダルの指差した先には、ひときわ大きくそびえ立つ建物があった。その高さゆえに、ここからでもよく見える。細かく刻まれた彫刻はまるでゴシックだかバロックだか、建築美術の本で見た優美な建物のようだけれど、しかし黒い木々が生える森の中にいたときよりも、ますます不気味な感覚が濃くなった。

「あそこに、行くのか……？」

「ああ。怯えることはない」

小刻みに震える啓介の手を、グエンダルが強く握ってくれる。

「人間にとっては、慣れない場所だろうが……我慢してくれ。そのうちに慣れる。それに私が、おまえを守る」

「う、ん……」

「約束する」

確かにグエンダルは、その言葉どおりにしてくれるだろう。それだけが救いだし、ほぼ無理やり連れてこられたとはいえ、グエンダルが自分に害をなすことをする、また啓介を危機に陥れることはないという確信が心の中にある。しかしその確信は、どこから生まれたのだろう。初めてグエンダルに会ったときは、驚きと警戒心しかなかったように思うのに。いつの間にか啓介の中には、彼を信頼する気持ちが生まれているのだ。

（どうして、なのかな？）

そうしているうちに大きな鳥は高度を下げた。大きな羽ばたきとともに、鳥は石を敷き詰めた場所に降りる。

「ここ……？」

「我が城だ。バザンは、ここに降りることになっている」

（ヘリの発着場所、みたいなものかな？）

グエンダルは、啓介を抱えたまま身軽に石畳の上に立った。バザンの頭を何度も撫でてやると、大きな鳥は赤い目を細めて喜ぶような甲高い声をあげた。

啓介は抱えられたまま、建物の中に入る。遠目から見えたとおり、まるで中世の教会のような城は、内装も不気味でおどろおどろしかった。しかも壁に刻まれたゾンビのような人の顔が、目玉をぐるりとまわして啓介を見てくる。啓介は思わず悲鳴をあげた。

「どうした？」

城の中は、冷たい空気が満ちていた。グエンダルの足音が奇妙に高く耳に響いて、それがまた臆病《おくびょう》な心を煽った。

「う、わっ！」

がしゃん、がしゃんと金属を擦るような音が響いてきた。啓介はそちらに目を向けて、そしてまた悲鳴をあげる。

「うるさい、静かにしろ」

「でも、でも！　あ、れ！」

　グエンダルに抱えられた啓介の視線の向こうに、何体もの鎧姿《よろいすがた》が歩いてきた。錆《さび》の浮いた銀色の鎧を着ている。兜《かぶと》の中に見えるのは、くすんだ白の頭蓋骨《ずがいこつ》だ。

「我が手下たちだ。それほど驚くな」

　呆れたようにグエンダルは言って、そして骸骨《がいこつ》の兵士たちに声をかける。彼らはがしゃがしゃと音を立てながら、石の床にひざまずいた。

「留守の間、ご苦労だった。なにか異変は？」

　骸骨たちは主人の言葉に答えたようだった。しかしかたかたと音がするばかりだ。啓介にとってはただの音だけれど、グエンダルには彼らの言っていることがわかるらしい。

「そうか……ああ、わかった」

　頷きながら、グエンダルは難しい顔をした。

「ギュスターヴが近づいてくるようなことがあれば、必ず知らせろ。油断するな」

　また骸骨たちは、かたかた音を立てながら頭を下げた。啓介は、いつの間にかグエンダルに強くしがみついていたため痛くなっていた腕の力を緩めた。しかし見慣れぬものばかり現れるこの魔界では、緊張してしまうのは仕方がない。

　グエンダルは迷うことなく歩き、やがて出たのは広い部屋だった。窓はあるけれど、中まで光が入ってこない。石敷きの真ん中には絨毯《じゅうたん》が敷いてある。くすんだ赤で、波模様を抽象化してあった。

「ここに座れ」

部屋の隅には、椅子が何脚か置いてある。そこは二段上になっていて、やはり血のような色のカーテンが左右に束ねてあった。中央の、宝石がたくさん埋め込んである椅子にグエンダルは座る。その迷いのない様子に、そこが彼の居場所であるということがわかった。

「失礼します……」

恐る恐る啓介は椅子のひとつに座った。グエンダルのものよりひとまわり小さく、座ると硬くて、とても居心地がいいとは言えない。

「あ……？」

どうにかして座りやすいところを探そうと、啓介は腰をもぞもぞさせた。そんな中、部屋の冷たい空気が少し揺れて、誰かが入ってきたことがわかった。

「わ……！」

驚いて、啓介は椅子の上で飛びあがった。五人の女性たち——だと思われるのは、白い帽子とエプロンを身につけていたからだが、中はやはり骸骨である。魔王の城なのだから、選りすぐりの美女が仕えていてもおかしくないのに。しかし啓介にはどれも同じに見える骸骨にも美醜があって、彼女たちはまさに選抜された美姫なのかもしれなかった。

グエンダルは、現れたメイドふうの者たちに一瞥もくれることはなかった。彼女たちはワゴンを押していて、その上には陶器の皿にカップ、ポットが置かれている。ふわりといい匂いがして、それは茶の香りであり、甘いものの香りであり、そして啓介の食べ慣れたさまざまな食事の香りだった。

「こういうの……グエンダルも、食べるんだ？」

驚いて啓介が言うと、彼はこちらを見て、にやりと笑った。

「おまえの家でも、こういうのが出されただろうが」

「まぁ……そういえば、抵抗なくいろいろ食べてたなって……」

グエンダルは頷く。彼は目の前に置かれた茶器を取りあげて、茶を啜った。細かい彫りで模様を作ってあるカトラリーを器用に操って、白いクリームで飾られたケーキのようなものを食べている。

「おまえも、食え」

「は、あ……」

見かけには違和感はないとはいえ、これが啓介の認識しているケーキで、味に裏切られることはないという保証はどこにもない。啓介はためらい、取りあげたカトラリーをうろうろと動かした。

「なんだ、ひとりでは食えぬか。私が食べさせてやろうか？」

にやにやしながらグエンダルが言う。啓介は顔をあげると彼を睨みつけた。

「食べられるよ……！」

むっとして、啓介がフォークを持った手を大きく動かすと、体が不均等に揺れた。

「わ、わわっ！」

ただでさえ啓介の小さな体には大きすぎる椅子だ。その上でバランスを崩したものだから、思わず悲鳴をあげて落ちてしまった。

「大丈夫か！」

子供の姿の啓介には甘すぎるグエンダルが、自分の椅子を立ってこちらにやってこようとした。

「大丈夫……いてて」

それでも腰を打ってしまい、啓介はぶつけたところをさすりながら立ちあがろうとした。

「……ん、あ？」

立とうと啓介が縋ったのは、今まで座っていた椅子だった。それに手をかけ、改めてまじまじと目の前のものを見て、啓介は背中を走る怖気に気がついた。魔界に来てからもう何度目になるかわからない、大きな悲鳴をあげる。

「こ、これ……っ……！」

「いい出来の椅子だろう」

啓介の恐怖とは裏腹に、グエンダルは誇らしそうにそう言った。

「ひ、ひ、人の骨じゃないか！」

「人間の骨が、椅子にはちょうどいいのだ。どうだ、座り心地はよかっただろうが？」

「よく、ないっ！　こんな、不気味なの……！」

不思議そうな顔をしているグエンダルの前、啓介は絞り出すように声をあげた。それが突然、ぷつりと途切れる。

「……ひ、っ……」

ごとん、と鈍い音がした。伝わってくる痛みから、頭を打ったのだとわかった。子供の体は頭が大きくて、バランスが悪い。

「啓介！」

グエンダルが声をあげて、駆け寄ってきたのがわかった。しかし異なる世界にやってきて、カルチャーショックの連続で、啓介の精神はすり減っていたのだろう。彼の声が、遠くから聞こえる。頭がずきずき痛むけれど、その感覚もなんだかぼんやりとしている。

「しっかりしろ、啓介！」

力強い腕に抱きあげられて、ほっとした。安堵とともに啓介の意識は薄れていって、ただ強く抱きしめてくれている力だけは自分を裏切らないという確信、それだけははっきりと啓介の心を支えていた。

ふっと、頭の中がクリアになる。

啓介は重い瞼を引きあげる。ゆっくりまばたきをすると、見慣れない天井が目に入った。石造りの、冷たそうな天井だ。不規則に隆起していて、なんとなく見つめていたところがどろりと溶けたように動いて、気味の悪い人の顔になった。

「ぎゃっ！」

思わず悲鳴をあげて、起きあがった。啓介が横になっていたところは、ふわふわしたベッドだ。自宅のベッドよりも寝心地がいい。この見慣れないベッドはずいぶん大きくて、大人が三人寝転んでも余裕がありそうだ。

「グエンダル……？」

ベッドの傍らは、少しへこんでいる。やはりふわふわの枕《まくら》にも頭の跡のように沈んでいるところがあって、そこで誰かが眠っていたことを示している。

彼は、啓介の隣で寝ていたのだろう。自室の狭いベッドでは、彼が潜り込んでくることが寝苦しかったけれど、この大きなベッドでは問題ないだろう。昨日はおそらく一緒に寝て、グエンダルが先に起きたのだ。

（てか、俺……椅子から落ちて頭打ったような）

思い出して、頭を撫でてみる。後頭部が少し痛いような気がするけれど、たいしたことはない。ひと晩寝てちゃんと目覚められたのだから、異常はないのだろう。

「グエンダル……？」

小さな声で呟きながら、啓介は身を起こした。そっとベッドから下り、まわりを見まわす。広い部屋に、大きなベッドだけが置いてある。小さな窓があるけれど、そこからも光はたいして入ってこない。にわかに太陽の光が恋しくなって、啓介はまたベッドによじ登ると、窓の縁に手をかけて背伸びをした。

「わぁ……」

目の前に広がっているのは、厚く雲のかかっている空だ。ぼんやりと明るいけれど、期待したほどの日光はない。それでも昨日、初めて見たときの魔界の空よりは多少ましだという気がした。

「あれ？」

ただただ濃い雲が広がる空に、なにか銀色に光るものが見えた。どのくらい遠くにあるのかはわからないけれど、啓介の手のひらくらいの大きさだ。それは見る見るうちに、こちらに近づいてきた。

「あ、あ……あ、ああっ？」

ばさ、ばさ、と空気をかきまわすような音がする。輝く銀色の、大きな鳥。啓介たちをここまで運んできたバザンのようだけれど、首の長さや翼の形が違う。

「ギュスターヴ！」

「おや、覚えていていただけましたか。光栄です」

金色になびく髪、きらめく緑の瞳。胸にいちもつを秘めたような得体の知れない笑みは、まさにギュスターヴだった。

「ど、して……ここ、に」

「我々は友人だと、言ったではありませんか」

やはりなにか面白いものを見るような目で、ギュスターヴは微笑んでいる。

「友人を迎えに来たんですよ」

「お、れ……を、迎えに……？」

どきどきする胸を押さえながらそう言うと、ギュスターヴはにっこりとして頷いた。彼が人ならぬ存在であることは、漂ってくる雰囲気からも明らかだが、しかしこの愛想のよさはなんなのだろうか。

グエンダルは基本的に無愛想で、笑顔などほとんど見たことがない。一方でギュスターヴは、少ししか会ったことはないけれど、いつもにこやかであるような気がする。

（だからこそ、警戒しなくちゃ……）

意識的に啓介は表情を引き締め、ぎっとギュスターヴを睨みつけた。そんな啓介の反応を前に、ギュスターヴは少し驚いた顔をしたけれど、それはすぐにまた笑顔に戻った。

「グエンダルは、どうしたのです」

「知りません……」

一歩、たじろぎながら啓介は小さな声でそう言う。ギュスターヴは美しく整った眉を、ひくりと反応させた。

「ともに眠っていたのでは、ないのですか？」

「起きたら……いなくて」

グエンダルの姿を見失ったことが、自分の罪のような気がして啓介は身を小さくする。

「ああ、そんな顔をすることはありません」

ギュスターヴは啓介の横に立って、頭を撫でてくる。まるで子供扱いだけれど、今の啓介は実際子供の姿をしているのだから仕方がない。

「では、ご一緒にグエンダルを捜しましょう。こちらの城のことは、我もわかりませんからね」

そう言ってギュスターヴは手を出してきた。啓介は怯んだが、そのためらいの隙を突いて手を摑まれてしまう。

「あ、っ……！」

「啓介、といいましたね。人間の子供」

ギュスターヴは穏やかな声でそう言ったけれど、手を摑んでくる握力は凄《すさ》まじい。そのまま握りつぶされてしまいそうな恐怖に苛まれる。啓介はそろそろと身をよじってどうにか彼から逃げようとしたけれど、しかし子供が振り払えるような力ではなかった。

「さて、グエンダルは……どこにいるのでしょうね」

「あ、の……離して」

精いっぱい手を振りほどこうとしながら、啓介は声をあげた。

「ひとりで、捜せるから」

「おや、そうですか？」

ばさりとローブを翻し、ギュスターヴはじっと啓介を見つめる。その緑の目は、丁寧に磨かれたエメラルドのようだ。もっとも啓介がそのような高価な宝石を見たのは仰々しい宝石店のショーウィンドウの中であって、両脇に強面《こわもて》のガードマンが立っていたから堪能《たんのう》するというわけにはいかなかったが。

「ですが、我がさみしいのですよ……」

そう言ってギュスターヴは、見ているだけでせつなくなるような表情をこちらに向けてくる。

「我も、あなたと仲よくなりたいのに。それなのにいつもいつも、あのグエンダルが邪魔をして……」

「あ、あなたが、俺を子供にしたりするからじゃないですか！」

思わずわめくと、ギュスターヴがにこりと笑った。グエンダルのことを悪く言っていたはずなのに、手のひらを返したようにそのような表情ができるのはどういうことなのか。

「そうですね、でもこれは我の贈りものだと言ったではないですか」

ギュスターヴは、唇を少しだけ開けて微笑んだ。その笑みは艶めかしくさえあって、啓介は思わずどきりとした。

「ねぇ、啓介」

そう言いながら、彼は啓介の目線にまでしゃがんだ。緑の目でじっと見つめられて、啓介の心臓はまた大きく鳴った。

「グエンダルは、このあたりにはいないようです。少なくとも、この城にはね」

「どうして、わかるんだ？」

訝しんで訊くと、ギュスターヴは今までに見た中でも一番の蕩けるような笑顔を見せた。

「気配がしません。魔王ともなれば、わざとそうしているのでない限り、あの大きな気配を隠すなどできることではないのですが」

「気配……？」

反射的に、啓介はまわりをきょろきょろと見た。しかしくすんだ色の石の壁、それがときどきどろりと動いて人の顔のようになる、その不気味さはそのままだけれど、啓介にはグエンダルの居場所につながる手がかりなど見つけられそうにはなかった。

「がっかりしないで。普通の人間が、魔王の気配を追おうなんて。訓練を積んだ魔導師にも難しいことです」

「そうなんだ……」

がっくりと肩を落とした啓介の、その小さな体をギュスターヴが引き寄せた。

「な、なにっ⁉」

「我が、グエンダルのもとに連れていってあげましょう」

そう言ってギュスターヴは、ローブから両腕を突き出した。あ、と声をあげる間もなく啓介は軽々と抱えあげられて、まるで荷物かなにかのように運ばれてしまった。

「な、に……なにすんだよ、離せっ！」

「おとなしくしなさい」

グエンダルのように、啓介の体を気遣って運んでくれるわけではない。おまけにギュスターヴは、今までの愛想のよさを忘れてしまったかのように厳しい顔をして、石の床を足早に進んでいる。

「はな、せよ！　離せ、ギュスターヴ！」

彼はそのまま自身が現れた窓にまで歩いた。鋭い声で「カーロ！」と叫ぶと、先ほどの銀色の鳥が現れた。

（あれに乗って、どこか……連れていかれるんだ）

グエンダルの鳥、バザンの背中に乗ってここにやってきたように。しかしカーロはギュスターヴの鳥で、そして啓介はどこに連れていかれるかもわからないのだ。

啓介は抵抗した。じたばた手足を動かして、しっかりとまわしてくるギュスターヴの腕のどこかに隙はないか、懸命に窺おうとした。

「う、わっ！」

しかしそれは無駄だった。啓介はギュスターヴに抱きしめられて、カーロの背中をまたぐことになった。なんの猶予も与えられぬまま、ギュスターヴはカーロに先を促した。

「やだ、ってば！　俺は、行かない！　降ろせ、降ろせよ！」

「まぁ……あなたが降りたいとおっしゃるのなら、拒みはしませんが」

どこか挑戦的にそう言われて、啓介はそっと、足の向こうを見下ろした。背中がひやりとする。

「ここから、飛び降りますか？　我がここにおりますから、死にはしないでしょうが」

「死なな、かったら……どうなるの？」

どう考えても、いい結果になるとは思えない。それでも恐る恐る尋ねてみた。

「まぁ、落下すればその体は潰《つぶ》れるでしょうね」

なんでもないことのように、ギュスターヴは言った。啓介は目を見開いて、ゆっくりとまた足もとを見た。日本一高く登るという謳《うた》い文句のジェットコースターだって、これほどの高さはなかった。しかも啓介は、シートベルトの類《たぐい》などはしていないのだ。

「潰れて……でも、死なないって、言った」

「死にませんよ。我があなたを、みすみす死なせると思うのですか？」

「だったら……潰れちゃって、どう、する……」

おどおどしながら啓介は言葉を紡ぎ、そしてグエンダルの城の壁にうごめいていた、ゾンビの顔のような気味の悪いものを思い出した。

「……死なないけど、今のこのままの体じゃいられない、ってことだな？」

「さすが」

ギュスターヴは、啓介を冷やかすような表情で拍手をした。

「それって、生きてるって言えるの？　ゾンビみたいになっても？」

彼の反応が気に入らなくて、眉根を寄せたまま啓介は尋ねる。ギュスターヴは少し首を傾げ、不思議そうな顔をしている。

「生きてるんじゃないんですか？　あなたの、その魂がなくなったわけではないのですから」

啓介はとっさに左胸に手を置いた。そんな啓介を、ギュスターヴはにこにこしながら見つめている。

「魂、が……あるかどうか、なのか？」

「そうではないのですか？」

怪訝《けげん》そうにそう言われて、胸を押さえたままの啓介も首を傾げてしまった。

（……生死の境目って、どこなんだろうな？）

死んだ体は、生きていたときより二十一グラム軽いとか、そういう話を聞いたことがある。それが魂の重さだという説が正しいのならば、ギュスターヴの話を合わせると、今まで啓介が受け止めていた『死』という概念は、正しい意味での死ではないのかもしれない。

（うーん……よく、わからない）

そんなことは今まで考えたこともなかったし、考える必要もなかった。

「……あ」

しかしそんな啓介の思考も、すぐに破れた。視界の向こうに、白い大きな建物が現れたからだ。ギュスターヴが、それに向かって指を差す。

「あれが、我が城です」

「へぇ……」

雲を突っ切って背が高いという点ではグエンダルの城と同じようだった。しかしグエンダルの根城が全体的に灰色で、曲線で作られていたのに比して、ギュスターヴの城は白く輝いていた。塔の上まで細かな彫刻がされているのがわかる。イタリアかどこかの教会の写真集に、あのような建物があったような気もすると啓介が考えているうちに、カーロが翼を湾曲させて高度を下げた。

「わ、わわっ！」

ひゅ、と体の芯《しん》が大きく震える。とっさに啓介は、座り込む下半身に力を込めた。安全のための設備などはなにもないので、せめてカーロの背中に生えている短い羽根をむしらない程度にしっかりと摑んだ。

「うわぁ、あ……あ、あっ！」

そのままカーロは遠慮なく高度を落としていく。やがて大きく翼を震わせて、白い建物の脇、やはり白い石が敷き詰められている開けた場所に着陸した。

「は、あ……っ……」

カーロが動きを止めて、啓介は大きく息をつく。やっと隣に座っているギュスターヴの様子を見る余裕ができた。彼は表情ひとつ変えていない。こうやって空を駆けるのは日常的なことなのだろう。それでも風に乱れた髪を色っぽい仕草でかきあげて、巨鳥の上から降りるギュスターヴの姿に、啓介は思わず見とれてしまう。

音もなく、白いドレスを着た金髪の少女が三人、歩み出てきた。ギュスターヴの前にひざまずくと、ひとりは銀色のカップを、ひとりは白い布を、そしてもうひとりは銀色の大きな皿を捧げている。

「……ぎゃっ！」

思わず悲鳴をあげて、啓介はのけぞった。大きな皿の上に乗せられているものは、血まみれの肉塊だった。端からぽたぽた真っ赤なしずくが垂れている図は、それを捧げ持っているのが清楚《せいそ》な金髪の美少女であるからこそ、ますます気味が悪い。

「ご苦労ですね」

ギュスターヴは、当然ながら目の前の光景に眉ひとつ動かすことなく、銀色のカップを取った。彼がそれを傾けると、中から溢れてきたのは真っ赤な血だった。それをギュスターヴは、美味しい酒かなにかであるかのようにごくごくと飲み干した。

（うげぇ……ってことは……あの、肉は……？）

ギュスターヴがそれを鷲摑《わしづか》みにでもして、貪《むさぼ》り出したらどうしよう。どうしようもなにも、啓介には見ている以外になにもできないのだけれど。

しかしギュスターヴは、それ以上啓介を怯えさせることはしなかった。彼は銀の皿を受け取ると、カーロの口もとに持っていった。

「ひえっ」

カーロはその微かに銀色に光る大きな嘴を、ぱかりと開いた。するとギュスターヴは皿の上の肉塊をその中に流し込む。

カーロは、喜びを表しているとも取れる奇妙な声をあげて嘴を閉じ、その咽喉《のど》がごくりと動く。そしてまた口を開けて声をあげる。血まみれの口腔《こうこう》はあまりにも不気味で、啓介は目を逸らせてしまった。

「どうしたのですか？」

「いや……なん、でも……」

気味の悪い光景からできるだけ離れようとしていた啓介に、ギュスターヴが歩み寄ってくる。彼の冷たい手にぎゅっと自分のそれを摑まれて、ぞくっと全身に怖気が走った。

「ふふ」

「な、んだよ……？」

なにを考えているのか、啓介にはさっぱりわからない。ギュスターヴはそれを楽しむように、にこやかな笑顔を向けてきた。一見するだけで蕩けさせられてしまうような美しい微笑だけれど、その下には啓介など計り知れない考えが潜んでいるのだ。

「わ、わわっ！」

そのまま啓介は、ギュスターヴの肩に担ぎあげられた。この小さな体になってから、グエンダルにも何度も同じことをされた。しかしギュスターヴの抱えかたは丁寧で、まるで貴重品を運んでいるかのようだ。

「ど……どこ、行くの？」

それでも精いっぱい気丈な声で、そう言った。ギュスターヴは腕の中の啓介を見つめ、そしてまたにっこりと微笑んだ。

「お楽しみですよ。ここで言ってしまったら、驚きが減るでしょう?」

ギュスターヴの言う『お楽しみ』が、啓介の考えるそれと同じだとは思えない。しかし仮に抱きあげてくる腕から逃げられても、ここは彼のテリトリーなのだ。迷子になるだけだろうし、今の啓介の運命を握っているギュスターヴの機嫌を損ねるのはまずいだろう。

城はどこまでも白く、美しく磨かれていた。いったいどのような素材でできているのだろう。ギュスターヴに運ばれながら好奇心から啓介は、身を乗り出して壁に触れてみた。

「う、わっ!」

どこまでもなめらかに見えていた白い壁が、いきなりへこんだ。大きな口のようなものに変化して、啓介の手を食おうとする。

「わわ、わわわっ!」

「なにをしているのですか」

呆れたようにギュスターヴが言った。引き戻されたことで食われずに済んだけれど、壁に生じた穴には鋭い歯が無数に生えていた。

(げ……)

グエンダルの城はあからさまに不気味だったので、そういう意味では心の準備ができていた。しかしギュスターヴの棲家《すみか》は一見、人間の目にも美しいからつい油断してしまった。

だがここも魔王の城なのだ。ただの人間で、しかも幼児の姿にされてしまっている啓介は、何重にも警戒しなくてはいけない。

　そのまま啓介は大きな部屋に運ばれていった。そこもやはり白くて、小さな窓が無数にあった。外からの光がそこから入ってくるけれど、部屋を満たすというわけにはいかないらしく、薄ぼんやりとした明るさになんとはなしにぞっとする。

　ギュスターヴは奥に向かって歩いていく。そこは二段、高くなっていて、グエンダルの部屋と同じだと思ったが、しかし違うのは一番高いところに、腰までほどの高さの台があることだ。

「なに、あれ?」

　啓介はそう尋ねたけれど、ギュスターヴは微笑んだだけだ。しかし啓介の疑問は、すぐに解決することとなる。

　彼はその台の上に、啓介を座らせた。白い石は冷たくて、思わず身震いをしてしまう。

「ここ……なに?」

　ギュスターヴは緑色の目を細めて、啓介を見た。今までどおりの笑みなのに、どこか色彩が変わっている。どきり、と啓介の胸が大きく跳ねた。

「我の、望んだとおりですね」

　彼がささやくと、その背後にひらりと揺れる白いものが現れた。見ればそれは、先ほどギュスターヴの前にひざまずいていた少女たちに似ている。もっとも皆揃《そろ》いの金髪で頭を下げて俯いているから、同じ少女たちなのかはわからない。

「どうせならもう少し馴染ませてから、と思いましたが……いつ邪魔が入るかわかりませんからね」

「なん、のこと……？」

ギュスターヴは相変わらず笑顔だけれど、その奥に危険な色を感じ取って、啓介は思わず後ずさりをする。しかし台の上は狭く、少し動いただけで落ちてしまいそうだ。

「ふふ」

薄く笑って、ギュスターヴは啓介の顎に触れてきた。まるで猫でもあやすようだが、咽喉の薄い皮膚が彼の長い爪に擦られて、それがいつ食い込んでくるかと恐怖を煽られるような触れられかただ。

「う、わっ！」

そのままギュスターヴは啓介の腕を摑み、いきなり嚙みついてきた。

「なな、なにっ⁉」

何度かきゅっきゅと鋭い歯で甘嚙みのように嚙まれたけれど、痛くはない。

「なに……なに、してるの」

「これほど柔らかい肉なら、間違いはない」

啓介に聞かせるように、もしくは独り言のように、ギュスターヴは言った。
「我の力をいや増す……生贄《いけにえ》に、ふさわしい」
「い……け、っ……？」
耳にした言葉に、啓介は思わず大声をあげた。
「生贄、って……なにそれ。俺を、どうするんだ……？」
恐怖で声が掠れる。そういえばグエンダルも、啓介の部屋に現れたときにそう言ってい
た覚えがある。そのときの恐怖を思い出した。
「そのために、あなたをこの姿にしたというのに。あのときはグエンダルの力が強かった
から、連れ去ることができなかった……けれど、あなたのほうから魔界にやってきてくれ
るとは」
満足そうにそう言って、ギュスターヴは少し振り向いて後ろを見た。ひざまずく白いド
レスの少女たちは、やはり捧げるように手に持つものがあった。ぴかぴかに研がれた剣、
大きな銀色の、カップのような形をした器、そして重ねられた白い布。
「う、っ……！」
生贄という言葉、そして少女たちの持つ道具の用途がわかってしまった啓介は、大きく
目を見開いた。
「やっ、やだ……！」

反射的に甲高い声があがったけれど、啓介の自由になるのは声だけだ。そんな啓介の姿を楽しむように、ギュスターヴは微笑んでいる。

「いやがるといい……もっと、もっと。それがあなたの体を蝕《むしば》んで、より味をよくしてくれます」

楽しそうにそう言われて、啓介の全身にはぞくりと怖気が走る。ギュスターヴが背後の少女たちになにかを命じると頭数が増えた。確かに三人だったはずなのに、啓介がまばたきをしている間に五人になっている。

（どういうこと……？）

しかしその不思議を追求している場合ではなかった。増えた少女たちは、啓介の座っている台に歩み寄る。

「う、わっ！」

彼女たちの手に押さえられて、啓介は台の上に横たわる格好になった。抵抗したくても少女たちの力は恐ろしく強かった。同時に啓介には、幼児の腕力しかない。異様な力で押さえつけられて、唯一動く目には、ぎらりと光るものが映った。

「や、っ……！」

薄笑みを浮かべたギュスターヴが、研がれた剣を手にしている。今まで啓介の見てきた種類の表情ではない。獲物を前にした肉食獣の笑顔――それを前に啓介の体には、耐えがたいまでの震えが走った。

（ああ……）

それと同時に、脳裏を走ったのは諦めだった。このような状況で、逃げられるわけはない。どう考えても無理だ。そしてギュスターヴは、生贄だかなんだか知らないけれど、殺意に満ちた視線で啓介を見ている。こちらに向けられる緑の瞳が恐ろしくて、啓介はぎゅっと目をつぶった。

（どうしてここにいないんだろう……）

視覚を塞《ふさ》いだことで、少しだけ思考に余裕ができる。

（俺を守ってくれるって、言ってたのに……）

そんな彼の姿を思い浮かべ、そして大きくため息をつく――。

「わ、ああっ？」

突然、四肢が自由になって、啓介はとっさに目を開け飛び起きた。

「あ、ああっ！」

啓介が見たのは、宙を一閃《いっせん》する剣。ゆらり、と金色が大きく揺れた。それは霧と化したかのように消えて、その向こうに黒髪をなびかせる知った顔があった。

「グエンダル！」

「悪かった……遅くなったな」

口早にグエンダルはそう言って、手にした剣を大きく振った。するとあたりにきらきらしたものが飛び散った。

啓介はあたりを見まわす。グエンダルに斬《き》られたのは、白いドレスの少女たちらしい。ひとりもいなくなっている。そして今までの笑みはどこへやら、憎々しげな表情で立っているのはギュスターヴだ。彼のそのような顔を見たことがなかったので、啓介は驚いた。

「結界を、張っていたはずですが？」

「ふん」

それでも上品さを失わないギュスターヴとは対照的に、グエンダルは柄の悪い口調で返事をした。

「あの程度で、私を止められると思っているのか」

「大きな口を」

不機嫌そうにギュスターヴは言って、啓介の体を斬るはずだった剣を大きく振りかざした。

「ふ、あ！」

生贄のための台の上で、啓介は叫んでいた。グエンダルとギュスターヴが、剣を振るって戦い始めたのだ。かきん、かきんと金属のぶつかる音が広い部屋に響き渡る。ふたりの足が床に擦れて軋《きし》む。まとっているローブが翻って、ひと太刀のたびにばさりと音がした。

グエンダルの剣がギュスターヴの頬をかすめたかと思いきや、次の瞬間にはギュスターヴの剣がグエンダルの首もとをすべっていた。そうやって互いに鋭い切っ先を繰り出しながら、しかしどちらも相手に傷を負わせるには至っていないようだ。

（俺は……俺が、できることは……）

胸がどきどきする。包丁くらいしか扱ったことのない啓介にできることなど、なにも考えつかない。それでもこのまま傍観していてはいけないとの思いが、強く脳裏を貫いた。

（よし、っ！）

啓介は腰をすべらせて、白い台から飛び降りる。小さな自分の体には高すぎて、足がじんと痺《しび》れたけれど、ぎゅっと体に力を入れることで耐える。

振り返って、ふたりの剣舞のような戦いを見やる。響き渡る金属音も、靴底の軋みも、翻るローブも、まるで目の前は華やかな舞台であるかのようだ。

（だ、めだっ！）

その光景に思わず見とれてしまい、啓介はふるふると体を震わせた。そして小さな足で床を蹴ると、手前のギュスターヴの脚にしがみつく。

「な、にをっ！」

彼は今までに聞いたことのないような悲鳴をあげた。ふたりの剣戟《けんげき》のリズムが崩れ、ちらっと見あげると、グエンダルも驚いている。

「は、なせっ！」

「やだっ！」

啓介も必死に叫んで、ますますぎゅっとギュスターヴにしがみついた。もう一方の脚で背を蹴られて、思わずぐえっと悲鳴があがる。

「あ、っ……！」

蹴られた痛みに叫んだ啓介は、抱きついているギュスターヴの体の重心がずれるのを感じた。彼は足をすべらせたかのように床にくずおれる。彼のしっかりとした大きな体軀《たいく》が、啓介の上に落ちてきた。

「ぐ、わっ！」

子供の体では、のしかかられても逃げられない。ギュスターヴの体重をまともに受け止めて、啓介は悲鳴をあげた。

「啓介！」

響いたのはグエンダルの声だ。続けて強い力で腕を摑まれて、啓介はギュスターヴの下から引きずり出された。

「い、た……」

全身が痛くて、どこを撫でていいものかわからない。戸惑う啓介の背後で、がちぃん、と凄まじい金属音がした。

「な、にっ？」

勢いよく啓介が振り返ると、ギュスターヴが床に転がっていた。グエンダルがその上にのしかかり、彼の剣と相手の剣を手に、逃げられない体勢の彼の首もとに交差させている。ぎりぎりでギュスターヴの首を傷つけてはいないけれど、彼が少しでも身動きすれば、鋭い刃《やいば》が皮膚を斬るだろう。

「う、ぐ……っ」

グエンダルは、唇を嚙みしめて低く唸るギュスターヴを睨みつけている。そのまま彼から目を離さずに右手だけ離し、ローブの胸もとから宝石の埋め込まれた鞘《さや》の短剣を引き出した。手を振るって鞘を投げ捨てると、やはり陽の反射が眩しいほどの刃が現れる。

「啓介、来い」

「あ、うん……」

短剣の鋭さ以上に聴覚を貫く声に、啓介はよろよろしながら歩み寄った。グエンダルはそんな啓介を横目で見、そして短剣をギュスターヴの頰にすべらせる。頰を斬られたギュスターヴは、眉をひそめて視線を尖らせている。グエンダルは、流れる血をすくい取った。

（赤い）

目の前に血まみれた指を突きつけられて、とっさに啓介はそう思った。

（魔王の血でも、赤いんだな……）

「舐めろ」

強い口調でグエンダルが言う。促されるままに啓介は頷き、血を舐めた。

味がわかるほどの量ではなかった。それよりも啓介が驚いたのは、舌にじわりと焼けたような感覚があったからだ。そこが、ぴりぴりと痛む。

「あっ？　あ、ああっ？」

そして体の奥から湧きあがる、血が熱くなっていくような実感。心臓が大きくわななく。

思わず尻餅をついた。とっさに床についた手に、違和感がない。逆にそれが気になって、目の前に自分の手をかざして見た。大きな、大人の手だ。

「戻ってる……？」

「そのようだな」

グエンダルがそう言って、またギュスターヴに視線をやる。彼を見つめたまま、なにかを口の中で呟いた。

「な、っ……グエンダル！」

ギュスターヴは、ひどく焦燥した声をあげる。含みありげな薄笑みばかり浮かべていた彼の、そのような声を聞くとは思わなくて啓介は驚いた。

「わ……わ、っ？」

改めて見やったギュスターヴは、小さな子供になってしまっていた。ちょうど啓介が、そのくらいの子供の姿だったように。

「いい格好だな、ギュスターヴ」

嘲笑うように言って、グエンダルはその首もとを縛《いまし》めていた剣を引き抜いた。ギュスターヴは跳ね起きて、逃げるようにどこかに走って去っていく。

「……あ」

その後ろ姿を視線で追いながら、啓介は唖然と立ち尽くしていた。その目の前に、グエンダルが立つ。ちらりと視線をやると、床にはギュスターヴのものだったらしい剣が、ひと振り落ちているだけだった。

「え、と……」

「ばかめ。油断しおって」

しかめ面とともにそう言われて、自分がグエンダルの城からここに連れてこられたことを思い出した。それは自分のせいではないような気もするけれど、わざわざやってきて助けてくれたグエンダルに文句を言うつもりもなく、啓介は神妙に「ごめん」と謝った。

「う、わっ」

座ったままだった啓介は、ゆっくりと立ちあがった。しかし体のバランスが取れなくて、転びかけたのをグエンダルが支えてくれた。

「ありがとう……」

「長い間、子供の姿だったからな。具合が摑めないのだろう」

「そう、だと思う……」

グエンダルは啓介の背に手をまわして支えたまま、じっとこちらを見た。この視線の位置で彼を見るのも久しぶりだ。もとの大人の姿に戻ったのだということを、しみじみと実感した。

「行くぞ、啓介」

「え？」

有無を言わせぬ口調でグエンダルは言って、啓介の手を取った。つなぐ手が同じくらいの大きさであることに、改めて安堵する。

「行くって……どこへ？」

「我が根城に決まっている」

なにを言うのか、というような表情でグエンダルは言った。啓介の脳裏には、彼のおどろおどろしい灰色の城が浮かぶ。

「あそこに、帰るの……？」

グエンダルは顔を歪めた。ぐずぐずしている啓介がもどかしいようだけれど、そんな彼に手を取られたまま、啓介は大きくひとつ身震いした。

「俺は、自分ちに帰りたい」

「あ……？」

理解できない言葉を聞いたように、グエンダルはますます訝しげな顔をした。しかし啓介の気持ちは、グエンダルの城にはない。自分の家に、帰りたい。

「学校もあるし、バイトも、チビになってから全然行けてないから、早く帰って、もとの生活、取り戻さないと」

「……ああ」

不快なことを聞いたかのように歪められていたグエンダルの顔は、徐々に違う色を帯び始める。そんな彼に、このたび眉を寄せたのは啓介のほうだ。

（どうして、そんな顔……？）

啓介の胸が、どくりと鳴った。大きく目を見開いて、グエンダルを見る。彼が大きく息をついたのが、妙に心に響いた。

「そうだな……おまえには、人間としての生活があった」

グエンダルのその言葉には奇妙に痛々しい響きがあって、啓介は首を傾げる。同時に彼の声の色に、自分の心がつきつきと痛むのはなにゆえなのか。

（なんで？　これは……どうして？）

艶々と黒くて長い、グエンダルの髪が揺れる。あげたその顔からは先ほどの感情は消えていて、目に映るのは見慣れたグエンダルの相貌だ。

「あ、っ」

彼の大きな手が、啓介のこめかみを挟んだ。手のひらに覆われて、目の前が見えなくなる。グエンダルが小さくなにかを呟く声がして、それを耳にしたとたん、啓介の意識はくらりと揺れた。

(あ……あ、あっ……?)

自分の体が、なにか柔らかいものに包まれるのがわかる。ウォーターベッドに乗ったときのような感覚だ、と考えている間に、一瞬だけふっと意識が遠のいた。

「……あ?」

驚く自分の声で、はっとした。啓介は起きあがって、あたりを見まわす。ぐちゃぐちゃのシーツがかかっているベッド、脇には雑誌が乱雑に積み重ねられている。床の隅には微かに埃《ほこり》が浮いていた。

(俺の、部屋だ)

啓介は立ちあがった。歩くとよろよろするのは、子供の姿から急にもとの体に戻った反動だろうか。部屋が薄暗いと感じて、緩慢に振り返る。窓の向こうはうっそりと暗く、今は夜なのだということがわかった。

「電気と……カーテン、カーテン……」

足取りが不安定なまま、壁のスイッチを押した。窓に歩み寄る。啓介の視線は、窓際に置いてあるゴミ箱に向けられた。

「……あ」

捨てるのを怠っていたのだろうか、ゴミ箱はいっぱいになっていた。上に積まれているのは破られたビニールで、確かめるまでもなくコンビニのシュークリームの空袋だ。

カーテンに片手をかけたまま、啓介はじっとそれを見た。毎日ひとつでも、こうしてみるとずいぶんな量になるものだ。食べたのはひとりしか心当たりがなくて、その彼が幸せそうにシュークリームに齧りついている姿が鮮やかに脳裏に浮かぶ。啓介は、ひゅっと息を呑んだ。

（……あれ？）

思わず首を傾げる。心臓に、今まで経験したことのない痛みが走った。啓介は胸に手を置く。胸の鼓動と一緒に、ずき、ずき、と息が苦しくなるような疼痛《とうつう》が貫くのに、啓介は首をひねって眉根を寄せた。

エピローグ

びゅう、と冷たい風が吹き抜けた。啓介は大きく身震いをする。

「さむ……」

今日は冷えると聞いていたから、ジャケットを羽織って大学に向かった。しかし気温は思ったより下がり、おまけにビル風というのか、いつもの道には巻きあげるような強い風が湧き起こっている。

「あ……」

寒さに身を縮こませながら、啓介は傍らに目をやった。排気ガスで汚れた常緑樹の植え込みの中、空き缶やコンビニの袋が点々と捨てられている。不愉快ながら、いつもの光景だ。そのまま啓介は、ふと足を止めた。

（ここらへんだったかな……？）

見覚えのある一角を、ひょいと覗いてみる。啓介の目に入ったのは、煙草《たばこ》の吸い殻にくしゃくしゃの紙袋。色褪《いろあ》せた空き缶。もちろん啓介の目的はそれではなく、さらに視線を奥に向けてみても、やはり探しているものはなかった。

（まぁ……）

歩道に視線を戻し、啓介はまた歩き始める。

（あれは、ギュスターヴのいたずらだって言ってたもんな。子供みたいになったあいつが、またグエンダルをもふもふに変えるとか、そんな力はなさそうだし……）

またあの黒いもふもふが転がっていないか、植え込みを覗いたのだ。そんなことをしている自分に、つい嗤《わら》ってしまう。

（俺は、また……グエンダルに会いたいのかな）

そのことは忘れて、啓介は家路を急ぎ出した。その歩調は、やや力ないものだったかもしれない。

「う、わっ！」

ジャケットのポケットから、けたたましい電子音が響く。啓介は慌ててスマホを取り出した。発信者の名前を見て、肩を落とす。

「……はい」

『啓介？　なんだか久しぶりじゃない？』

聞こえてくる元気な声は、間違いようもなく姉だ。そのきんきん声からできるだけ耳を遠ざけた。

『お願いがあるんだけどさ、今度の土曜日。いいよね？』

相変わらず一方的な物言いだ。啓介は大きく息を吸って、そしてはっきりした声で言った。

「姉ちゃんのパシリは、もういやだ」

『……は？』

姉は、知らない外国語を聞かされたかのように、唖然とした声をあげた。

「姉ちゃんの言うこと、なんでも聞くの、やめた」

『じゃ、じゃ……って、啓介？　なんなの、どうしたの？』

姉はまだ驚いているようだが、啓介は断固として、その意思を翻すつもりはない。

「なんでもないよ。お人好しとか言われて、便利に使われるの、いやになっただけ」

『啓介……』

今までになかった弟の反応。姉は混乱しているようだけれど、啓介は一方的に通話を切った。

「なんか……俺」

スマホを握りしめていると、改めて震えがきた。啓介が生まれたときから、姉は啓介にとっての絶対的存在だった。姉に逆らうことなど考えたこともなかった。けれど今、啓介は姉という障壁を壊した。たかが姉、しかし啓介にとってはそれがあってあたりまえ、いささかの諦念《ていねん》とともに受け入れていた彼女のわがままを、乗り越えることができたのだ。

(俺……こんなやつだったかな)

スマホをポケットにしまいながら、啓介はことさらに歩を速めた。通い慣れた道で迷うはずはなく、足が勝手に家まで向かう。

自宅への道すがら、スーパーに寄った。買うものはたいてい決まっている。それらの売り場を最短の道で進みながら、啓介の手は生菓子の棚で止まった。

「うーん……」

もちろん啓介も、シュークリームは好きだ。かといって、かつてのグエンダルほどではない。プレーンのシュークリーム、いちご、チョコなどが混ぜ込まれたシュークリーム。啓介はじっと鮮やかなそれを見つめたけれど、結局買わずに店を出た。

「ただいまぁ……」

ひとり暮らしの家の中から、返事が返ってくるはずはない。それなのについつい「ただいま」と言ってしまう。靴を脱ぎながら、耳を澄ましたのも同様だ。

(いないんだな……)

そう広くもない部屋の中を見まわす。なんとはなしに違和感がある。そのまま啓介はキッチンに向かい、ビニール袋の中の買いものを広げていく。冷蔵庫に入れなくていいもの、すぐにでも冷蔵庫行きのもの。

「あ……?」

荷物の中には、シュークリームがある。いったんは迷ったけれど結局、商品棚に戻したはずだ。それがビニール袋の一番奥に、鎮座ましましている。

「なんで、シュークリーム……」

それを手に、啓介は唖然とした。グエンダルのためにと、無意識に買いものの中に入れてしまったに違いない。

しばらくシュークリームを見つめていたが、いつまでもこうしているわけにはいかない。我にかえって啓介は、シュークリームを冷蔵庫の中に突っ込んだ。

(グエンダル、なんか……あんなやつ、出ていってくれて、せいせいしてるのに)

冷蔵庫を漁《あさ》って、どうにか夕飯らしい料理を作ることができた。それを盆に載せ、リビングまで運ぶ。

テレビの前のいつもの場所に座ると、今までずっとそうだったように、テレビのリモコンを探してテレビをつけて。

しかし、見たいと思えるような番組はなかった。啓介は食事を口に運びながら、テレビに映っている芸能人たちが、面白くもないギャグで笑っているのを、見るともなしに見ていた。

(グエンダル……なに食べてるんだろう。ここでの食事は、シュークリームばっかり食べてた感じがするけど)

黒いもふもふには、そういえばミルクもやった。そのようなものばかり食べて、体は大丈夫なのかと心配になったけれど、相手は魔王なのだ。人間の尺度で測れるものではないのだろう。

（あのローブ姿に固執してたみたいだったけど、子供になった俺を探しにきてくれたときは一応、服に気を遣ってたみたいだしね）

簡単な食事が終わり、またキッチンに入って後片づけをする。無心になって手を動かす作業の間は、頭が暇なものだから、ますますグエンダルのことを考えてしまう。

「……ん」

食器洗いをしながら、鼻の奥がきりっと痛んだ。気づくと目尻には涙が溜まっていて、きゅっと目をつぶると頬に流れた。

（なんで、俺。泣いてるの）

泣いていることそのものよりも、その根元が不可解だ。悲しいことを考えていたわけでもないのに、なぜ泣いているのだろう。

（どうして……？　なんで俺、泣いてる……？）

思いもしなかった自分の反応に、啓介は動揺していた。まるで幼児の姿だったときのように、次から次へと涙が溢れる。

（こんなの、おかしいから。変な居候を追い出せて、厄介払いができたようなものなの

に)

ひゅ、っと息を呑むと、心までが悲しくなってきた。そのような気持ちを振り払うために啓介は大きく身震いをして、そして家事に専念しようとした。それでもグエンダルの顔は振りほどくこともできず、脳裏に鮮やかに浮かんでくる。

冷たい雨が降っている。啓介は傘を差して、通い慣れた道を歩いていた。脇を車が勢いよく走っている。ときどき水が跳ね、ジーンズの裾が濡らされた。しかし雨の日にはあたりまえのことだし、いちいち怒っていても仕方がない。啓介は大きく息をつきながら、先を進んだ。

「……あ」

啓介の目は、傍らの植え込みに向けられた。栄養素などないであろう灰色がかった土に無造作に植えられている植え込みは、葉は汚れ、頑《かたく》なに心を閉ざしているように見える。そんな植え込みの中を、啓介はじっと覗き込んだ。

(やっぱり、いないよ、な……)

そのことに安心するような、同時にあのもふもふに会いたくてたまらないような——啓介はもう一度植え込みの中を覗いて、そしてまたひとつため息をつくと、その場を去った。

やがて啓介は、植え込みの中に目をやることはやめてしまった。グエンダルへの興味が失せたわけではない。

啓介をこちらの世界に戻してくれた礼も言わなくてはならないし、そのうえ啓介は、また以前のようにグエンダルと住みたいと思っている。彼が一緒にいると、いろいろ奇妙なことは起こるけれど、今思い出せばそんな意外なことは、楽しくすらあった。

(……もう、会えないのかな)

そう思うと、心臓がぎゅっと摑まれたような感覚がある。啓介は胸に手を押しつけて、その痛みを抑えつけようとした。

雨の日は、ときおりやってくる。その日も啓介は、水浸しの歩道を慎重に歩いていた。大学の中では傘がなくても濡れないけれど、帰り道はそういうわけにもいかない。

啓介は小さな傘を持っていた。安もののビニール傘は、少し強い風が吹けば折れてしまいそうな怪しい傘とはいえ、とりあえず今は役に立っている。

「う、わっ!」

懸念していたような傘の骨が折れるほどではないけれど、強い風が吹いた。啓介は思わず声をあげて、傘の柄をぎゅっと摑んだ。

「あ……れ？」

水たまりができている道の真ん中に、ぽすんと落ちてきたものがあった。それはぴょんぴょんといくつか跳ねて、そして泥まみれで水たまりの端に着地した。

「なに？　ゴミ……？」

泥水で濡れてぐちゃぐちゃの、黒い毛皮の丸いもの。それは「きいーっ！」と甲高い声をあげてごろごろと転がった。ぴたっと止まって、そして啓介を見ているようだ――その瞳の色には覚えがある。

「おまえ……？」

啓介は慌ててしゃがみ、黒いもふもふを手の中に収めた。金色の目はやはり、くるくるとまわって啓介を見ている。

「グエンダル……なの、か？」

「きーっ、ききーっ」

その声は、確かに聞いたことがあるように感じる。見れば見るほどグエンダルにしか思えないけれど、なにしろ泥水に濡れてびしょびしょで、金の目もなんだか色が沈んでいて、グエンダルに似ているような気もするし、違う生きものだというような気もする。

「きゅーう、きゅう、ううっ！」

「そっか……やっぱり、グエンダル……なんだ？」

啓介は丁寧に、黒い生きものを持ち直した。片手でもふもふ（であろうもの）を持ち、もう片方で傘を差し、体のほとんどがびしょびしょになりながら、やっと家に辿り着いた。

「おい、ちょっと待て。びしょびしょのままはやめてくれ！」

勢いをつけて啓介の手から飛び出そうとするもふもふを、啓介は手のひらに力を入れすぎないように握って押しとどめた。そのまま急いでバスルームに入り、シャワーを適温にすると自分は服を脱ぎ、もふもふともども、湯を浴びる。

「ふ……あ、っ……」

冷たい雨にびしょ濡れにされた体が、だんだん温まってくる。それは手のひらの上のもふもふもそうであるらしく、きーきー鳴いていた声が、だんだん落ち着いたものになってきた。啓介はシャワージェルのボトルを取ると、もふもふを、そして自分を洗う。

「ふぅ」

ふたりともきれいになったところで、脱衣所に出る。もふもふの濡れた毛をバスタオルで拭ってやると、すっきりしたとでもいうように、ぴょんと跳ねて廊下に出ていった。

「勝手知ったる、なんとやらってやつ……？」

啓介も身なりを整え、リビングに向かう。学校に行く前、適当に整えただけの皺《しわ》だらけのベッドの上に、もふもふはちょこんと乗っていた。カーテンの開いたままの窓を見やっているようだ。

啓介が入ってきたことに気づいたのか、金色の目をこちらに向ける。その目は先ほどのように濁ってはおらず、それどころかなにかを期待するように、きらきらと輝いている。

「……あ」

そんなもふもふを見ていると、思い出したことがあった。啓介はキッチンに向かい、冷蔵庫の中のビニール袋を取り出す。それをもふもふの前に置くと、光る瞳はますます輝きを増した。

「相変わらず、これが好きなんだな」

啓介は笑って、シュークリームのビニールを破ってやる。もふもふは飛びつくように甘い菓子に食いついて、もぐもぐと咀嚼《そしゃく》する間にその姿はゆるゆると湧きあがる霧に包まれて、啓介が何度かまばたきをする間に、見慣れた男の姿になった。

「グエンダル……」

「久しいな、啓介」

シュークリームはもうなくなっていて、こちらを向いたグエンダルの唇の端に、カスタードクリームがついている。

「なんで……また」

あの黒いもふもふが、グエンダルだという確信はあったのだけれど。しかし改めて、こうやって彼の姿を見ると、奇妙な高揚感と安堵が湧きあがる。啓介は思わず、胸に手を置いた。

「またギュスターヴに、なにかされたのか？」

「おまえが、私を呼んだんだろう」

啓介の出した名に、グエンダルは不愉快そうな表情をした。それに思わず肩をすくめながら、啓介は彼に歩み寄った。

「……別に、呼んでないけど」

そうささやくと、グエンダルはその金色の瞳で啓介を睨んでくる。それを目にして、確かに彼を恋しく思った夜を思い出して啓介は視線を逸らせた。なにをどう隠そうとも、この魔王には啓介のことなど筒抜けなのかもしれないけれど。

「で……また、帰れなくなったんだ？」

「ばかなことを」

せせら笑うようにグエンダルは言って、啓介に向き合うと手を伸ばしてくる。そっと顎に触れられて、どきりとした。

「このたびは、私の意志で来た。なにしろ、魔界には……」

そう言ってグエンダルは、くしゃくしゃになった空きビニールを指す。

「これが、ないからな」

「ま……そりゃ、そうだろうね」

思わず啓介は笑ってしまう。ベッドに手をついて、顔を近づけた。相変わらず、自分の中の美形判断数値がぐいぐいとあがってしまうような美しさだ。啓介は少し微笑んで、そしてキスできるくらいに顔を寄せると、グエンダルの口もとについているクリームを舐めとった。

「あま……」

シュークリームの中身は、これほどに甘いものだっただろうか。啓介は思わず顔をしかめる。するとグエンダルがくすくすと笑った。

「……あ、あ」

彼は手を伸ばしてきて啓介の肩を摑む。意外な握力に、啓介の胸はきゅっと鳴った。

「こちらに、来い」

言われるがままに体を寄せると、グエンダルが後頭部を摑んだ。ぎゅっと髪の毛を引っ張られて、少し痛かったけれど同時に強く抱きしめられて、思わず呼吸さえも忘れてしまった。

「素直な、いい子になったじゃないか」

耳もとで、グエンダルがそう呟いた。

「このまま、私に抱かれたいと？」

甘いささやきに、どくんと大きく胸が鳴る。そんな啓介の心中に気がついているのか、グエンダルはふっと息を吐き出すように笑った。

「……うん。それに、俺はずっと……グエンダルといたい」

「ああ」

そう返事したグエンダルは、どのようなつもりで頷いたのか。このまま彼も人間界にいるという意味か、それとも啓介を魔界に連れていくというつもりなのか。

「ん、あ……っ……」

唇を合わせられて、啓介の体はひくりと震える。そんな啓介に、グエンダルはくすくすと笑った。キスしたままベッドに倒れ込み、そっと瞼を開けると今まで見たことのないようなグエンダルの表情が映った。

「あ……グエン、ダル……っ」

「啓介」

彼は強い口調で呼びかけてきて、啓介は吐息で返事をした。そして衣服越しに触れてくる大きな手に、ひくんと体を跳ねさせることで返事をした。

（終）

あとがき

こんにちは、いつもありがとうございます。雛宮さゆらです。

今回は、少し不思議系ファンタジーをお送りしております。いつもこんな感じのお話だという気もしますが、私がファンタジー好きなので。ハイファンタジーも好きですが、こういうローファンタジーは、より筆が進む気がします。進みすぎて、今回は規定を大幅に超えた大作（!?）になってしまい、担当さんにはご迷惑をおかけいたしました……（いつものこととも言う）。

そんな中、ものすごく麗しくかわいらしいイラストを描いてくださったkiwi先生、ありがとうございました！　グエンダルの髪の艶や鎧の質感、シュークリームの美味しそうな感じ、そして黒もふがかわいい！　表紙イラスト拝見したときは、思わず声が出ました。

いつもお世話になっております、担当さん。このたびもいろいろとご迷惑を……ごめんなさい。この本の出版に関わってくださった皆さま、そして読んでくださったあなたへ。ありがとうございました！

雛宮さゆら

ラルーナ文庫

この本を読んでのご意見・ご感想・ファンレターなどお待ちしております。〒111-0036 東京都台東区松が谷1−4−6−303 株式会社シーラボ「ラルーナ文庫編集部」気付でお送りください。

本作品は書き下ろしです。

黒《くろ》いもふもふを拾《ひろ》ったら魔王《まおう》だった!?

2019年12月7日 第1刷発行

著　　者｜雛宮《ひなみや》さゆら
装丁・DTP｜萩原 七唱
発　行　人｜曺 仁警
発　行　所｜株式会社 シーラボ
〒111-0036 東京都台東区松が谷1-4-6-303
電話 03-5830-3474／FAX 03-5830-3574
http://lalunabunko.com
発　　売｜株式会社 三交社
〒110-0016 東京都台東区台東4-20-9 大仙柴田ビル2階
電話 03-5826-4424／FAX 03-5826-4425
印刷・製本｜中央精版印刷株式会社

 ISBN978-4-8155-3226-0